Sie sind alle am Anfang ihrer schriftstellerischen Karriere, nicht älter als 35 Jahre. Die meisten suchen nach einer ernsthaften Herausforderung in der Literaturszene. Dazu haben sie die Chance – als Teilnehmerinnen und Teilnehmer des open mike der Literaturwerkstatt Berlin.

Der open mike ist ein internationaler Wettbewerb junger deutschsprachiger Prosa und Lyrik. Schon längst ist er über die Grenzen Deutschlands hinaus bekannt.

Viele Autoren, deren Namen heute im Literaturbetrieb bekannt sind, haben ihre Karriere beim open mike in der Literaturwerkstatt Berlin gestartet. Dazu gehören z.B. Nico Bleutge, Karen Duve, Björn Kuhligk, Kathrin Röggla, Julia Franck, Terézia Mora, Jochen Schmidt, Zsuzsa Bánk und Tilman Rammstedt.

Sechs Lektorinnen und Lektoren aus renommierten Verlagen – Ursula Baumhauer-Weck (Diogenes Verlag), Dagmar Fretter (Schöffling & Co.), Julia Graf (Berlin Verlag), Jo Lendle (Dumont Literatur und Kunstverlag), Katja Säman (Rowohlt Verlag) und Reto Ziegler (Edition Korrespondenzen) – haben riesige anonymisierte Textberge abgetragen, sich durch 650 in die Wertung gekommene Einsendungen gelesen und die 22 interessantesten Texte herausgesucht. Die ausgewählten Autoren lasen im Finale im November 2008 in Berlin.

Der 16. open mike ist eine Gemeinschaftsveranstaltung der Literaturwerkstatt Berlin und der Crespo Foundation.

In Zusammenarbeit mit der WABE, dem Allitera Verlag und mit freundlicher Unterstützung von »Dussmann das Kulturkaufhaus«.

16. open mike

Internationaler Wettbewerb
junger deutschsprachiger Prosa und Lyrik

Alle Wettbewerbstexte

Weitere Informationen über den Verlag und sein Programm unter:
www.allitera.de

Allitera Verlag
© 2008 Anthologie: Allitera Verlag, München
© 2008 Texte: bei den Autoren
Umschlaggestaltung: Kay Fretwurst
Umschlagbild: allstar designs
Herstellung: Books on Demand, Norderstedt
Printed in Germany · ISBN 978-3-86906-000-2

Inhalt

Monika Rinck *Bittschön* · 7

Kristine Bilkau *Fremder Körper* · 9
Nina Bußmann *Herr Paul* · 15
Martin Fritz *mein neues hobby* · 22
Stephanie Gleißner *Hinterland* · 28
Jeannette Hunziker *(...)* · 34
Oliver Kluck *Flora, Fauna, Agitat* · 42
Anne Köhler *Land gewinnen* · 50
Svealena Kutschke *Rückspiegel* · 56
Alexander Langer *Farzner* · 63
Philip Maroldt *Gedichte* · 70
Milo Pablo Momm *13 Gedichte* · 78
Franziska Oehme *Zweiter Monat* · 87
Sonia Petner *Zitronen* · 95
Julia Powalla *Henni* · 102
Sabine Raml *Gute Tage* · 109
Johann Reißer *Gedichte* · 116
Matthias Senkel *8 x Liebe^3* · 127
Thien Tran *Gedichte* · 136
Johanna Wack *Punkte* · 146
Kai Wiegandt *09-16-2000* · 154
Florian Wiesner *15 Minuten* · 160
Lino Wirag *alphabet* · 165

Die Autoren · 171
Die Jury · 175
Preisträger und Jury 1993–2008 · 177

Monika Rinck
Bittschön

Ich werde am Bahnhof abgeholt, ob ich aufgeregt sei? Nein, wieso, sage ich, ist doch erst morgen, das Wettlesen. Ach, sagt sie fast enttäuscht, schon dran gewöhnt, wie? Nein, ich bin nicht daran gewöhnt, und auch gar nicht so sicher, ob das zuträglich wäre.

Denn die Gewöhnung sagte ja zu einem Missverhältnis, ähnlich dem zwischen einer Prüfungssituation und dem emphatischen Begriff der Lehre, des Lernens. Ein unnatürlicher Anlass, um zu zeigen, was ich kann. Und wenn ich es niemandem zeige, dann kann ich es nicht? Erst in die Kritik gestellt zu sein, mache lebendig? Der rasche, wie pickende Kopf des Jurors, wie findet er, wendet er, findet er das jetzt? Wie finde ich, findet sich das jetzt?

Das noch nicht Zuhandene kann mir keiner nehmen. Das wäre bittschön niemals zu vergessen, die Verstockung, die ein Hineineilen in das Mögliche ist, ist erwartungsverballt – auf unfertige, unfreie Weise. Sie hörn ja nicht auf, all jene Streifzüge durch ein fremdes Bewusstsein, und – das ist doch bittschön die Flagge unter der wir segeln! – nicht um ungerührt zu sein oder zu bleiben.

Etwas tun, und niemandem etwas davon sagen – ist keine Lösung, oder könnte, bittschön wie, doch eine Lösung sein? Als eine Verpflichtung, sich das zu erschweren, worin man gut ist, und wenn man besser darin geworden ist, es sich wieder und besser zu erschweren? Und nicht damit zu geizen? Hinaus damit, hinaus. Aber in welchem Moment? Da kann man sich böse täuschen. Die zur Unzeit aufgerissene Tür, und wie das zieht.

Aber: Sehen, was wir noch nicht kennen. Präsentiert für spätere Repräsentationen. Wenn's denn gut geht. Wettbewerbe. Weitermachen. Der Dämon des Dranbleibens. Erstkontakt. Wer vertritt den Markt, wer vertont ihn? Einer wird, ein andrer hat: entdeckt. Ein trostloser Dualismus – aber hätte nicht X, wenn nicht Y? Offengelegte Urteilskraft vor Publikum. Promptheit, ein geschultes Ohr, das sofort wüsste, was es da hört. Ich finde nicht – ich finde ... Ein hoher Widerstand gegen die Ausweitung des Wettbewerbs auf alles. Urteil und Kraft, Kraft meines Urteils. Und das mitzumachen. »Ich bin doch hier nicht angetreten, um anzutreten gegen« – lieber anzutreten für?

Ilse Kilic schreibt in ihrem schönen Essay über das Scheitern, dass so gesehen jeder Erfolg auch ein Scheitern sei, weil er die Zustimmung dazu enthalte, dass es auch den Nicht-Erfolg gebe, genauso wie jedes Sich-durchsetzen ein Scheitern sei, »weil es die zustimmung zu einer welt enthält, in der ›sich durchsetzen können‹, konkurrenz und leistungsprinzip den ton angeben.« Zugleich gilt: »jeder ›nicht-erfolg‹ ist ebenfalls eine scheitern, weil er meistens nicht nur die ablehnung des kapitalistischen leistungsprinzip als basis hat, sondern die betroffene person in der regel auch in so etwas wie persönliches unglück stürzt.«

Aber: Etwas machen, dass man so oder anders gar nicht gemacht hätte, dosierte Erwartung, einzureichen beim kosmischen Wettbüro der Somnatisten. Althochdeutsch meint wetton als Pfand nehmen, ein Versprechen geben, als Pfand oder Wetteinsatz setzen. Eigentlich ein Versprechen an sich selbst. Das Versprechen, nicht damit aufzuhören, und auch: nicht das zu machen, was es schon gibt. Sobald es einfacher wird und ich mich nicht mehr fragen muss, ob das Gut ist oder Quatsch, kann ich sicher sein, dass es begonnen hat, sich selbst zu imitieren. Das sei eben nicht wie Brotbacken, da machst du eben etwas, was du noch nie getan hast, so meine Mutter. Immer wieder: Nie. Immer wieder Rennbahn: Eine Pferdelänge vor der Jury. Ich weiß es nicht. Sie wissen es nicht. Man weiß es eben nicht. Die Quoten sinken oder steigen. Und am Führring waren sie alle.

Ich wette mit mir selbst, nicht aufzuhören. Nicht mit dir wette, sondern mit anderen Wesen! Nein, wette nicht, verspreche –

Monika Rinck
mit Dank an CF

Kristine Bilkau
Fremder Körper

Die Frau reibt ihren Handrücken gegen die Stirn, reibt gegen die schlaflose Nacht und den schalen Morgen an. Sie schiebt die Nadel durch den karierten Stoff, das Namensschild sitzt nicht fest, es baumelt am karierten Hemd, das Hemd passt nicht, es gehört Frank, ihrem Freund, der nicht merkt, dass sie seine Hemden trägt, weil er sie nicht mehr anschaut. Die Frau, sie geht in Trainingshosen zur Arbeit, sie schleicht an den Warenregalen vorbei und hat Angst, dem Filialleiter zu begegnen, sie schleppt sich zur Kasse, ihren Rücken gebeugt, ihr fehlt die Kraft, sich der Last zu widersetzen. Wenn sie sitzt, kann keiner die Trainingshosen sehen, wenn sie sitzt, kann sie durchatmen. Sie lächelt die alte Dame mit den eingefallenen Lippen und dem zerzausten, grauen Haar an, die zwei Erdbeerjoghurts, eine Packung Toast und Schokolade mit Minze auf das Rollband legt, und während die alte Dame in ihrer Geldbörse mit zitternden Fingern die Münzen hin und her schiebt, saugt sie die Luft durch die Nase tief in den Bauch, hält die Luft dort, um die endlosen Sekunden zu überwinden, bis die alte Dame endlich die Münzen aus der hohlen Hand auf die Ablage klimpern lässt. Sie denkt an grüne Salatblätter und kühles Wasser, als der Mann mit dem vergilbten Schnauzer sechs Bierdosen, eine Flasche Korn und vier Packungen Hühnerragout für Katzen auf das Rollband legt und ihr seinen Atem aus Kippen und verdautem Alkohol ins Gesicht ächzt. Sie denkt an Zitronen, Zitronen sind frisch und rein, und sie schluckt die Übelkeit runter, die sich durch ihre Speiseröhre immer wieder nach oben schiebt. Sie schließt die Kasse und schleicht zurück durch die schmalen Gänge zwischen den Regalen zur Toilette. Auf die Toilette darf sie, da kann sie die Tür verriegeln und die Augen schließen. Dreimal ist sie schon zur Toilette gegangen, der Filialleiter fragt, ob alles in Ordnung sei, nicht weil er sich Sorgen macht, er will zeigen, dass er die Dinge unter Kontrolle hat, dass er weiß, was seine Mitarbeiter machen und wie oft. Die Frau, sie lehnt ihren Rücken an den Spülkasten, sie windet sich, stöhnt und presst die Hand vor den Mund, und schiebt ihr Becken hin und her, die Klobrille knarrt, niemand ist da, der das hören kann. Sie zündet sich eine Zigarette an, zwei oder drei Züge schafft man, ohne den Rauchmelder auszulösen. Sie zieht, und hustet den Rauch heraus, sie windet sich, drückt die Fußsohle gegen die Tür, mit aller Kraft, die Anspannung tut gut, sie konzentriert sich auf den Muskel im Oberschenkel, sie wischt sich die Nässe aus den Augenwinkeln und von den Wangen. Wie lange darf jemand auf Toilette sein, ohne aufzufallen, sie hat es vergessen. Sie stützt ihre Arme auf das Waschbecken und lässt kühles Wasser über die schlaffen Finger laufen, sie erbricht sich, Magensäure, Speichelschaum und ein braunes Rinnsal mit Schokolade, das letzte, was sie heute gegessen hatte, war ein Riegel mit Erdnüssen. Der Platz an der Kasse, er ist zu eng, sie kann sich nicht vorstellen, jetzt wieder so zu sitzen, die Füße stillzuhalten. Gehen, denkt sie, ich muss gehen, einen Schritt machen und den nächsten. An den Park denkt sie, an den verlassenen Spielplatz und die leeren Bänke am Mittag, die dichten Büsche, die reine Luft, die Stille. Sie schiebt sich durch die Tür zum Aufenthaltsraum, niemand ist da, sie nimmt ihre Jeansjacke vom Haken, zieht die Handtasche aus dem Spind und verlässt den Supermarkt. Morgen, denkt sie, komme ich wieder, ganz bestimmt, dann wird es mir besser gehen, dann werde ich arbeiten können, dann werde ich Zahlen lesen und Münzen zählen. Sie bewegt sich langsam, schiebt einen Fuß vor den anderen, es muss weitergehen, die rote Ampel sieht sie, aber sie kann nicht stehen bleiben, es muss weitergehen, sonst kann der Atem nicht hinaus und kein neuer kann hinein. Bis zur Bank am Spielplatz schafft sie es, ein Kind sitzt in der Sandkiste, eine Mutter daneben. Sie schiebt beide Hände in den Bund der Trainingshose, das karierte Hemd macht aus ihr eine Frau, die zugenommen hat und sich gehen lässt. Sie verschränkt die Arme, lässt sie auf dem Bauch ruhen, das Kinn sinkt auf die Brust, langsam, ein kurzer Schlaf befördert die Kinderstimme in die Ferne, Sekunden oder Minuten sind es, sie kann es nicht beurteilen, bis sie wieder den Atem anhält, die Zehen, jeden einzelnen, anspannt, die Finger ineinander verhakt, bis die Knöchel schmerzen, die Lippen zusammenkneift und sauren Speichel hinunterschluckt, und dann wieder die Finger voneinander löst. Ihre Wange schmiegt sich an die Schulter, für einen Moment erleichternde Müdigkeit, für einen Moment erschöpft sein dürfen.

Die Frau betritt den dunklen Flur, sie sieht, während sie die Wohnungstür hinter sich schließt, das blaue Flimmern im Wohnzimmer. Frank auf dem Sofa, er will nicht bleiben, aber gehen will er auch nicht. Er öffnet die Post nicht mehr. Wenn er los will, fragt sie nicht wohin, weiß sie nicht, ob er wiederkommt, aber er kommt immer wieder. Er will sie nicht berühren, es ist ihre Schuld, weiß sie, und bald wird er wieder mit ihr reden und ihr zuhören. Ihre Leisten sind ein einziger Schmerz, sie ekelt sich vor ihrem nassen Slip, sie glaubt, sie stinkt, ihr Körper ist wertlos, was da ist, muss weg. Sie lässt Wasser in die Wanne, schüttet Badezusatz hinein, viel, damit der Schaum ihren Körper bedeckt, den falschen kranken Körper, den Frank nicht mehr anschauen will, und sie auch nicht. Rote Flecken leuchten in ihrem Slip, Blut war schon manchmal da, wie eine Regelblutung, redete sie sich ein, aber es ist was anderes, es ist egal, es muss überwunden werden. Das Wasser ist heiß, viel zu heiß, sie ringt um Luft, versucht, Atem zu holen, zwischen den Krämpfen, die von der Wärme durch den Körper getrieben werden, wieder und wieder, die Wärme muss weg, sie dreht den Hahn mit kaltem Wasser auf, der kühle Strahl schmiegt sich an ihre Haut. Sie zieht die Knie auseinander und lässt das Becken im Wasser hin und her schaukeln, sanfte Wellen schaffen Raum für einen Gedanken. Ich muss in den Keller, ich muss im Trockenraum die Handtücher abnehmen und zusammenfalten, ich kann hier nicht bleiben, ich darf Frank nicht stören. Der Schmerz rollt heran wie ein fernes Donnern, wird immer lauter, umhüllt sie ganz und gar, treibt ihr die Tränen in die Augen und zwingt sie, den Mund aufzureißen, da darf nichts rauskommen, kein Laut, sie schiebt sich einen Waschlappen zwischen die Zähne, beißt in den feuchten harten Frottee. Sie stellt sich in der Wanne auf mit zitternden Knien, schlingt sich ein Handtuch um die Brust, schlüpft mit tropfenden Füßen und Beinen in die Trainingshose und zieht sich das karierte Hemd über die nassen Arme, ihr feuchter Zopf klebt im Nacken. Sie schleppt sich in die Küche, holt die Schere aus der Schublade, lässt sie in die große Korbtasche fallen, in der sie sonst die leeren Flaschen zu den Containern trägt, den nassen Waschlappen legt sie dazu, sie weiß nicht warum. Sie nimmt eine Trainingsjacke vom Haken im Flur und geht zur Wohnungstür. Frank schaltet durch die Kanäle, sie hört eine Frauenstimme, die ermahnt, es seien nur noch fünf der Goldringe mit Hochkarätern auf Lager, man müsse sofort bestellen, sonst wäre es zu spät.

Die Frau schaltet das Licht im Trockenraum nicht an und schließt die Tür von innen ab, lässt den Schlüssel stecken, ein Stück vom sonnigen Tag schafft es durch die schmalen Kellerfenster. Links im Raum auf der Leine hängen ihre Handtücher, die weißen Laken und die Bettwäsche mit dem Sonnenblumenmuster, die sie von zu Hause mitgenommen hatte, als sie in ihre Wohnung zog. Sie reißt ein Laken von der Leine. Zusammenfalten ist das Wort, das ihr durch den Kopf schießt, als der Stoff sich über den Boden legt. Sie krümmt sich, sie geht in die Knie, sie lässt den Oberkörper sinken, drückt die Stirn gegen den kalten Beton, sie krümmt sich wie ein sterbendes Tier, das von innen zerrissen wird. Ich kann sterben, denkt sie, ich darf sterben, wenn mich jemand findet, so, dann macht es nichts, wer soll mich schon finden, eine Nachbarin, wer soll das schon sein, fremde beliebige Gesichter, sie kennt keines davon mit Namen. Das Drücken von innen, kommt plötzlich, ein Drücken wie aufs Klo müssen, nur mehr, viel mehr davon, sie kriecht zur Tür, ich muss aufs Klo, denkt sie, und zieht sich an der Türklinke hoch, umklammert mit der ganzen Kraft, die sie hat, diese Klinke, sie ist ein einziger Muskel, der presst und klammert, und sie zischt und stöhnt. Zwischen ihren Beinen brennt es, ein Brennen wie Schmirgelpapier auf dünner Haut, wie Urin und Salz in eine frische Wunde gerieben. Sie schiebt die Trainingshose runter, bis zu den Knien. Sie hockt sich hin, sie beugt den Oberkörper nach vorn, streckt ihren Arm nach dem Laken aus, erreicht einen Zipfel und zieht den weißen Stoff zu sich heran, schiebt ihn sich unter den Po. Das Brennen wird ein Reißen, bleibt ein Brennen. Die Flüssigkeit, die ihre Haut verletzt, oder was auch immer es ist, sie will das mit dem Laken wegwischen, aufsaugen, lindern, sie tastet mit den Fingern zwischen ihren Schenkeln, was sie fühlt, ist weich und fest zugleich, und feucht und rund, und es ist nicht ihr eigener Körper. Dünne Arme mit Händen, rosig und blau, bewegen sich wie in Zeitlupe, schmale verschrumpelte Finger ertasten den leeren Raum, ein

Mund, das Gesicht ist ein einziger aufgerissener Mund, der sich um Laute bemüht. Das Wesen, es erfüllt den Raum, es lässt die Frau staunen und schaudern, wie ein nackter Maulwurf oder ein frisch geschlüpftes Küken an einem falschen Ort, nur viel größer, und es rudert, langsam, sehr langsam, mit den Armen. Sein Mund öffnet sich wieder, ein kleines Rund mit gespitzten Lippen, der Körper, er stößt schwache fragende Laute aus, wie ein winziges Fabelwesen, das in einer fremden Sprache um etwas bittet. Sie kann nicht darüber nachdenken, sie muss sich hinlegen, den verbrauchten Schmerz ausatmen, aus den Lungen atmen, wie abgestandene Luft, die man durch das Fenster entlässt. Sie muss das Blut, das sich weich und dick anfühlt zwischen ihren Schenkeln, anschmiegsam, laufen lassen, es muss raus, es wärmt die Haut, es rinnt in das Laken. Der fremde Körper biegt und windet sich, die Frau kann ihre Hand um den warmen Po schließen und die andere Hand um den Kopf. Die Schnur hängt wie ein dünner schmutziger Gummischlauch an dem kleinen verschmierten Bauch, die Schere drückt widerstandsfähige Materie zusammen, die Frau öffnet und schließt, öffnet und schließt, wieder und wieder, bis sich das Metall durch die elastischen Zellen geschoben hat. Ein schmaler Rücken, Beine angewinkelt wie die eines Frosches, sie wickelt alles in ein Handtuch, sie nimmt das orangefarbene Handtuch mit den gelben Punkten, wickelt und faltet, und legt das Bündel auf den grauen Beton. Sie rafft das zerwühlte Laken zusammen, die roten Flecken, die schwarze glänzende Masse, die Frau schaut nicht hin, auf das, was da ist, alles verschwindet im weißen Stoff, es ist nicht da. Sie greift sich den Waschlappen aus der Korbtasche, er ist noch feucht, und wischt sich die Mühe, die Angst und das Erstaunen aus dem Gesicht, sie ist nicht müde, vielleicht erschöpft, aber nicht müde, nicht im Kopf, es muss weitergehen, sie hat die Bettwäsche an der Leine noch nicht zusammengelegt, sie muss morgen arbeiten, es muss weitergehen. Sie drückt den kühlen Lappen zwischen die Schenkel, sie will ihren offenen Körper schließen, einen Muskel anspannen, aber da ist kein Muskel, er ist verschwunden oder taub. Sie zieht sich die Trainingshose über die Beine und den Po, sie lässt die Enden des karierten Hemdes über dem Hosenbund und schlüpft in die graue Trainingsjacke, zieht den Reißverschluss hoch bis zum Hals. Das Bündel ist still, die Frotteezipfel geben den Blick frei auf rosa schimmernde Haut, auf geschwollene Lider, fest geschlossene Augen, die können noch nichts sehen, denkt die Frau und legt das Bündel in die Korbtasche. Das zusammengraffte Laken, ein weißer Haufen Stoff, liegt noch auf dem Boden, sie greift sich den Stoff und geht zur Tür, sie dreht den Schlüssel, schiebt die schwere Eisentür auf, schlurft in ihren Badelatschen langsam durch den Kellergang, ihre Hände umklammern das Laken, sie schiebt es in den Schlund, in den Müllschlucker, der im Keller alles in sich sammelt und dienstags und freitags gelehrt wird, es ist nicht mehr ihr Stoff, sie weiß nicht, wem er gehört, sie kennt hier niemanden im Haus. Sie geht zurück in den Trockenraum, schließt die Finger um den Griff der Korbtasche, hebt sie vorsichtig hoch, schlaf weiter, denkt sie, schlaf weiter, fleht sie.

Die Frau, sie glaubt die Zusammenhänge zu erkennen, sie meint ihre Lage zu begreifen. Sie ist jetzt eine Frau in Trainingshosen, mit Badelatschen an den Füßen, mit einem verrutschten Zopf, an den Haarspitzen noch feucht, mit einer Korbtasche am Arm, darin ein Handtuch in Orange, sie ist eine Frau, die vielleicht aus dem Schwimmbad kommt, oder aus dem Fitnessstudio, ungeschminkt, erhitzt, die nicht seltsam wirkt, nur erschöpft, auf dem Weg durch den Park, am späten Nachmittag. Sie ist eine Frau, die Durst hat, nach dem Sport, und sich an einem Kiosk am Spielplatz eine Cola kauft, weil sie zwei Euro in der Tasche ihrer Trainingshose gefunden hat. Sie ist eine Frau, die auf einer Bank Platz nimmt, um sich auszuruhen, einen Schluck zu trinken, durchzuatmen, aber nur kurz, denn sie muss weiter. Sie ist eine freundliche Frau, die den Kindern in der Sandkiste beim Spielen zuschaut, eine unscheinbare Frau, die sich von der Bank erhebt und Schritt für Schritt an den Kindern und den Müttern vorbeigeht, zum Ausgang des Parks, zur Straße, einen Fuß vor den nächsten setzt, die in irgendeiner Wohnung lebt und irgendeinem Mann eine tiefgekühlte Pizza in den Ofen schiebt, die sich bemüht, die arbeiten geht. Sie ist eine Frau, die glaubt, vergessen zu können, dass ihre Korbtasche neben der Parkbank steht.

Nina Bußmann
Herr Paul

Herr Paul geht und denkt, wie es wäre, zu gehen. Fort, denkt er, und zwar für immer. Treppab, vorbei an den Gummistiefeln vor der Nachbarwohnung, dem Licht hinter den Butzenscheiben, vorbei an dem Kindergeschrei, immer dasselbe, die Stimme der Mutter, jeden Morgen dasselbe Theater. Herr Paul geht vorbei, immer dasselbe Theater, denkt auch er, ungerecht, ruft das Kind, was wäre anders, fragt sich Herr Paul, ginge er diese Treppen und wüsste, er käme nicht mehr zurück. Er beschleunigt im Vorbeigehen, biegt in den Hinterhof, bringt den Müll nach draußen, zwei Beutel aus dünnem, weißlich durchscheinendem Kunststoff, an den Henkeln geknotet, pralle, helle Bälle in seinen Händen, von Weitem könnte einer meinen, Herr Paul wolle spielen.

Wie es wäre, zu gehen, stellt Herr Paul sich vor, wie es wäre, wenn es sich dieses Mal um einen Entschluss handelte, unwiderruflich, wie es wäre, zu wissen, er käme nicht mehr zurück. Er schlägt die Klappe der Restmülltonne zu, hört auf den Hall in der Schlucht zwischen den Häuserwänden, bleibt stehen und sieht hinauf zu der Cornflakespackung, dem Kanarienkäfig im Küchenfenster des Hochparterre, wo der Hausmeister wohnt.

Nicht anders als sonst, würde die Frau des Hausmeisters antworten, sollte sie später nach Auffälligkeiten befragt werden. Vermutlich nicht einmal an Details würde sie sich erinnern können. Ihre Hände am Stoff der Kittelschürze abtrocknen würde sie, zum Fenster hinaussehen, zu der betonierte Stelle zwischen den Mülltonnen und dem begrünten Rechteck, wo er jetzt verharrt, als warte er auf ihr Gesicht im Fenster. Sie würde der Aufforderung nachkommen, ihn zu beschreiben, seine Haltung, seine Kleidung, die Brille, seine Gewohnheiten, den Anorak auch im Sommer, an den Ansätzen ausgedünntes Haar. Ein unauffälliger, ein zurückgezogener Mensch, würde sie die Fragen beantworten: Keiner, dem man so etwas zutraute. Seit dreißig Jahren Mieter, verheiratet, frühpensioniert, die Kinder aus dem Haus. Scheu, ein wenig sonderbar, das schon, würde sie einräumen, das Protokoll unterschreiben: nichts Auffälliges, würde sie auch den Sachbearbeitern von der Versicherung mitteilen, falls sie kämen und eine Frage hätten, im Großen und Ganzen habe sie nichts Nennenswertes beobachten können.

Herr Paul nähme nichts mit. Er liefe nach draußen, nicht anders als jetzt, nicht anders als sonst. Vorbei an den Briefkästen, auf der Straße nach rechts, wo es zu den Geschäften geht, zur Plus-Filiale und der Apotheke an der Ecke. Wie es wäre, einen Block weiter zu laufen, zur Sparkasse am runden Platz, wo die Straßenbahn fährt, wie es wäre, am Automaten Geld abzuheben, einen großen Betrag.

Oft stellt er sich das vor und stets macht er spätestens an diesem Punkt kehrt. Es müsste bald ein Flugzeug folgen, ein anderes Land, ein Zug zumindest, besser ein Auto. Hier wird es abgeschmackt, hier setzen Geschichten ein, wie man sie aus dem Kino kennt, hier hört er auf, sich selbst dazu zu denken als handelnde Person. Ob er fehlen würde, fragt Herr Paul sich stattdessen und stellt Überlegungen an, wie viel Zeit verstreichen müsste, ehe sein Fehlen sich bemerkbar machte.

Wie lange es dauern würde, bis sie anfinge, zu warten, wie lange, bis sie aufhörte, zu warten, wie sie es ohnehin ununterbrochen tut, das ist alles, was sie noch tut, warten, dass die Zeit verstreicht, alles, was ihr bleibt, das ist, was mir bleibt, wenn du fort bist, wenn es leer ist in der Wohnung und still. Darum fragt sie, jedes Mal, bevor er das Haus verlässt, wie lange wird es dauern, bis du wieder kommst, was wirst du tun, wen wirst du treffen, fragt sie: damit ich mich darauf einstellen kann.

Es ist nur ein Gedankenspiel, eine Art, die Zeit zu vertreiben, etwas, das Kinder tun, Teenager und Verwirrte. Noch gut erinnert Herr Paul sich an sich selbst als Jungen und an seinen besten Freund, an die leer stehende Bauruine und ihren gemeinsam entworfenen, bis ins Detail durchdachten Plan. Vorräte horteten sie in dem angefangenen Haus. Jeden Tag trafen sie sich auf dem verbotenen, von Farn und Nesseln überwucherten Grundstück, überblickten vom obersten Stockwerk des Hauses aus die Weite des abgeernteten Feldes und besprachen die Einzelheiten für den Nachmittag, an dem sie von dort nicht mehr zurückkehren wollten. Herr Paul muss lächeln, wenn er zurückdenkt an das Versteck, die Konservenbüchsen und Wolldecken, die Notizbücher mit den geheimen Aufzeichnungen und die Landkarten an der Wand aus rohem Beton.

Wie viel Zeit verstreichen müsste, ehe sie anfinge, sich Gedanken zu machen, weil seine Abwesenheit nicht mehr zu erklären wäre mit dem Betrieb im Supermarkt am Tag vor dem langen Wochenende. Wie lange er fort bleiben müsste, ehe sie aufhörte, einen Groll zu hegen und Vorhaltungen zu formulieren, wie lange, fragt er sich nicht ohne Neugierde, bis sie anfinge, zu begreifen, bis sie schließlich zu der Gewissheit gelangte, er käme nicht mehr zurück, bis sie es schließlich mit der Angst zu tun bekäme.

Wie immer, fragt das Mädchen in der Apotheke, wie immer, antwortet Herr Paul. Im Verkaufsraum steht eine Personenwaage, daneben eine Frau aus Pappe, lächelnd hält sie eine Kapsel in die Höhe. Wie immer, nur von diesen zwei, verlangt er, ist es schlimmer geworden, fragt sie, wie man es nimmt, sagt er, setzen Sie es auf die Rechnung, bittet er. Auf dem Rückweg verschwindet er im Supermarkt. Vor den Kühlregalen wählt er lange aus.

Er muss lächeln, wenn er zurückdenkt an das Versteck der Kindheit, an die lächerlichen Fantasien, an Filme, die er gesehen, Romane, die er gelesen hat, es ist im Grunde genommen immer dieselbe Geschichte, jeder hat sie hundertfach gehört, vom Mann, der Zigaretten holt, morgens ins Büro geht, nicht mehr wiederkommt. Man erfährt anfangs den Namen seiner Frau, die Anzahl seiner Kinder, seinen Beruf, doch sobald er sich entschlossen hat zu gehen, denkt er nicht mehr zurück, erlebt nichts als die Gegenwart, fährt in überfüllten Zugabteilen, schläft mit Prostituierten. Er nimmt ein Zimmer in einem billigen Hotel, er kauft sich andere Kleider, was er hinter sich gelassen hat, vergisst er völlig.

So könnte es werden, stellt Herr Paul sich vor und hat keinen Ekel mehr vor dem eigenen Kitsch, so müsste es werden, wenn hinter einem die Brücken abbrechen, wenn man im Denken eine Beschränkung überschreitet, einen selbst gesetzten Punkt.

Seit einiger Zeit vergisst er häufiger, die Tür abzuschließen, wenn er geht. Eine Nachlässigkeit, es könnte schließlich eine Gewohnheit werden, überlegt er, es könnte sich am Ende als günstig herausstellen, rechnete man mit der Möglichkeit, er käme einmal nicht zurück, überlegt Herr Paul, stellt die Tüten ab, dreht den Schlüssel einmal und betritt die Wohnung, in der er lebt.

Wie er die Dinge hinterlassen hat, prüft er, versucht, sie zu sehen, wie sie ein Fremder sähe, der die Wohnung beträte in seiner Abwesenheit. Die aufgeschlagene Zeitung auf dem Küchentisch und eine angebrochene Flasche Wein, im Bad am Haken ein feuchtes Handtuch und auf dem Ständer trocknende Wäsche. Es ist warm. Hier halten sich die Gerüche, schichten sich übereinander zu einem Dunstgemisch aus aufgewärmter Milch und überreifen Bananen, Mottenmittel und Kräutertees über einer feinen Schicht Urin. Gleich beim Betreten der Wohnung wird man eingehüllt in eine warme Glocke und nimmt bald keine Unterschiede mehr wahr. Sie ruft nach ihm. Nicht laut. Wie oft sie zu rufen imstande wäre, fragt er sich, im Ernstfall, wie oft und wie laut, wenn es wirklich dringend wäre. Wie laut sie rufen müsste, damit man es hörte in einer der angrenzenden Wohnungen durch die verhältnismäßig dünne Wand.

Warum er nicht abschließt, wenn er geht, warum das häufiger passiert, in letzter Zeit, fragt sie ihn. Man gewöhnt sich an, genau hinzuhören, erklärt sie ihm. Ein Sinn ersetzt den anderen, das ist wahrscheinlich ganz natürlich, dafür sorgt die Biologie. Wie eine Fledermaus, nickt sie, und Herr Paul kann nicht anders, als eine gewisse Zufriedenheit in ihrer Stimme zu erkennen, in ihrem Lächeln einen stillen Triumph. Das ist etwas anderes, stellt er richtig. Das ist ein schiefer Vergleich. Die Fledermaus stößt im Flug spitze, hohe Schreie aus in einer für das menschliche Ohr unhörbaren Frequenz. Anhand der Geschwindigkeit des Echos orientieren die Tiere sich in der Dunkelheit. Schief oder nicht, sagt sie, das ist, was einem bleibt, wenn man nur warten kann, wenn man angewiesen ist, sich auf diese Weise zu orientieren über die Geschehnisse im Raum. Sie hört kaum hin, wenn er spricht, sie ist bei ihrem Bild, und wenn er sie sich ansieht, die leicht geröteten, angeschwollenen Wangen, die Augen, tief in nackte Falten eingelagert, kann er nicht umhin, eine gewisse Ähnlichkeit festzustellen mit den fliegenden Raubtieren.

Ein Sinn ersetzt den anderen, nickt sie vor sich hin. Es bleibt unklar, ist es eine Feststellung, eine Warnung, eine Beschreibung ihrer Situation. Vergessen, wiederholt sie seine Worte, das sieht dir nicht ähnlich, meint sie, Nachlässigkeit, das kann schon einmal vorkommen, es ist nur nicht deine Art. Ob er bei der Apotheke gewesen sei, will sie wissen, ob er das Medikament bestellt und an die Windeln gedacht habe, es sollte immer ein Vorrat im Haus sein, nur um auf Nummer sicher gehen, ob das so schwer zu begreifen sei? Es ist vollkommen begreiflich, meint Herr Paul.

Man begreift es nicht, sagt sie, man kann es sich nicht vorstellen, wenn die alltäglichsten Verrichtungen zum Kampf werden, das Essen, Trinken, Pinkeln, das begreift keiner, der es nicht selbst gespürt hat am eigenen Leib. Man müsste mal tauschen, fantasiert sie, für einen Tag, die Gesunden mit den Kranken, ich möchte mal wissen, wie viel dann noch geredet würde von Eigeninitiative und von Aktivität, ich möchte mal wissen, ob es dann noch immer hieße, man müsse nur die richtigen Dinge denken, ob dann immer noch von einem Kampfgeist die Rede wäre und von einem Willen.

Wie viel ist da noch, fragt sie, wie viel von den Kartoffeln und wie viel von dem Fleisch, und es genügt nicht, dass Herr Paul Auskunft erteilt. Er muss ihr den Teller in einem ganz bestimmten Winkel unter das Gesicht halten, nicht zu dicht, leicht schräg, exakt in die Mitte ihres eingeschränkten Sichtfeldes. Erst dann ist sie zufrieden und öffnet den Mund. Saugend umschließt sie den Löffel mit den Lippen, bewegt den Brei in ihrer Mundhöhle offenbar als Zeichen von Genuss. Die Mahlzeit dauert gut und gerne eine halbe Stunde. Es liegt an den Schluckstörungen. Man darf keine Eile haben. Ist da noch mehr, fragt sie und sieht blinzelnden Auges zu, wie er die letzten Reste vom Teller schabt. Herr Paul denkt an die Geschichten, die man mitunter hört, von Kranken, die sich dem Ende nähern, von Alten, denen der Hunger vergeht und der Appetit auf das Leben, die das Trinken vergessen und das Essen verweigern, die sich bereits in einen Abstand gebracht haben zu ihrem Körper und den Dingen der Welt. In ihrem Fall kann davon keine Rede sein. Du kannst ja gar nicht genug bekommen, du bist ja ganz unersättlich, lacht Herr Paul, stellt den Teller ab und fängt an, ihre Mundwinkel von Nahrungsresten zu säubern. Die Augen, fordert sie, wisch mir die Augen, sie wollen nicht aufhören zu tränen. Er wickelt seinen Zeigefinger in ein Papiertuch und betupft die feuchten Stellen in ihrem Gesicht, die Haut um die Augen und die Nase, streicht ihr Strähnen aus der Stirn, so, sagt er zuletzt und zerdrückt das Papier in seiner Faust zu einer harten Kugel. Jetzt bist du wieder schön.

Schneller, als er vorgehabt hat, steht Herr Paul auf von dem Schemel an ihrem Bett, trägt das Geschirr in die Küche, vorbei an den Bildern der Kinder im Flur, den Mänteln an den Garderobenhaken, den Hüten, Tüchern, Schals, die sie im Lauf der Jahre zusammengetragen hat, ein ganzer Flohmarkt hat sie dort angesammelt, anders lässt es sich nicht sagen, doch darf man sie darauf nicht ansprechen. Kürzlich erst ist sie in Zorn geraten über seinen Vorschlag, auszusortieren, was sie jetzt nicht mehr brauchte, die Kleider zur Sammlung zu geben, in ein Kriegsgebiet zu schicken, an Menschen in Not, in Not, höhnte sie, und was soll das überhaupt heißen, nicht mehr brauchen, so weit kommt es noch.

Etwa zu derselben Zeit ist die junge Mutter eingezogen, in die Wohnung gleich unter der von Herrn und Frau Paul. Das Weinen ist von Anfang an gut zu hören gewesen durch die verhältnismäßig dünnen Wände. Selbst wenn das Kind bloß müde vor sich hin wimmert, dringt seine Stimme hinauf. Erst neulich hat Herr Paul dort geklingelt. Sie kommen wegen des Lärms, sagte sie, das Kind hörte auf zu weinen und sah ihn an. Es ist eine kritische Zeit, erklärte sie, die Phase, in der sie sich ausprobieren. Ein einziger Kampf. Das Anziehen, das Ausziehen, ins Bett gehen, Essen und Trinken. Wie viel Geduld, wie viel Ausdauer nötig sein können für die alltäglichsten Erledigungen, Sie machen sich keine Vorstellung, lachte sie, es geht ja vorbei, lachte er mit ihr, da haben Sie Recht, nickte sie, es geht vorbei, manchmal meine ich fast, es wird jeden Tag ein bisschen besser. Nicht, um sich zu beschweren, sei er gekommen, erklärte Herr Paul. Mit einem Mal fühlte er sich selbst schuldig und schämte sich sogar. Er hielt ihr den Schlüssel hin: den hatte Ihre Vormieterin auch, nur für den Fall. Man hat ein besseres Gefühl dann. Ein besseres Gefühl, wiederholte sie, streckte die Hand aus, ich heiße Karin, sagte sie, und das ist Marlene, Paul, nickte Herr Paul, im zweiten Stock, mit meiner Frau, fügte er hinzu und schüttelte Karins Hand.

Wie lange es dauerte, ehe man ihn vermisste, ehe man sich Fragen stellte, im Haus, ein paar Tage, oder viel länger. Ob sein Fehlen auffiele, der Frau des Hausmeisters, wenn sie morgens aus dem Fenster sieht, der jungen Nachbarin, fragt er sich, und wie lange eine wie die junge Nachbarin für das Fehlen Erklärungen fände, bevor sie sich erinnerte an den Zweitschlüssel, den er erst kürzlich in ihrer Wohnung hinterlassen hat, für den Fall.

Er hat die Zeitung nicht abbestellt. Nach drei, spätestens vier Tagen, davon geht Herr Paul aus, wird der Briefkasten überfüllt sein, wird der Zeitungsbote versuchen, die täglich gelieferten Ausgaben auf der oberen Kante der Briefkästen abzustellen, sodass sie nur vom Luftzug einer zugeschlagenen Tür zu Boden geweht werden, wird der Hausmeister im Treppenhaus eine maschinengeschriebene Nachricht anbringen, mit der Aufforderung, für den Erhalt der Ordnung zu sorgen auf den gemeinschaftlich genutzten Mietflächen. Spätestens zu diesem Zeitpunkt, damit rechnet und darauf hofft Herr Paul, müsste dem aufmerksamen Betrachter gleich beim Betreten des Treppenhauses auffallen, dass etwas nicht stimmt.

Martin Fritz
mein neues hobby

ich kaufe mir ein freunde-album. auf dem cover sitzt ein rosa eichhörnchen auf einem regenbogen. in dem freundealbum ist auf jeweils einer doppelseite ein formular vorgedruckt, in das man namen, lieblingsspeisen und -farben usw. schreiben soll. ich trage mich auf der ersten seite ein und schreibe unter der rubrik hobbys *eichhörnchen*. eichhörnchen sind mein hobby. ich habe im westflügel ein hobbyzimmer. in dem hobbyzimmer sind verschiedene bäume und baumähnliche attrappen, die eine artgerechte haltung für die eichhörnchen sicherstellen. ich verwende viel zeit auf die herstellung der täuschend echt aussehenden baumattrappen. im hobbyzimmer dürfen die eichhörnchen frei herumlaufen. ich züchte eichhörnchen. vor meinem haus steht eine bank, auf der ich nachmittags immer sitze. mein lieblingseichhörnchen sitzt auf meiner schulter. manchmal beugt es sich zu meinem ohr und flüstert mir etwas hinein. ich nicke wissend. ich krame in meiner brusttasche nach meiner taschenuhr, finde sie, zeige meinem buschig beschweiften kleinen freund die uhrzeit und stecke die uhr wieder zurück in die tasche. ich überlege die anschaffung eines monokels. manchmal sage ich unzusammenhängende sätze vor mich hin, aber die eichhörnchen tun so, als merkten sie es nicht. wenn die eichhörnchen alt werden, ziehen sie sich ganz in eine baumhöhle zurück. nie sieht man alte eichhörnchen, die gebrechlich geworden sind und nicht mehr flink durchs unterholz huschen. eichhörnchen sind staaten bildende tiere. die alten eichhörnchen werden alle zu eichhörnchenköniginnen und werden von den jungen eichhörnchen versorgt. die eichhörnchen, die wir sehen, sind auch schon recht alt und langsam und werden sich bald zurückziehen. die welt ist voller junger eichhörnchen, die alle so flink sind, dass wir sie nie zu gesicht bekommen. die eichhörnchen lenken die geschicke der welt, nur niemand sieht es. ich sammle verschiedenes wissen über eichhörnchen. ich lege ein din-a5-heft an, auf das ich vorne *eichhörnchen* schreibe. für unterwegs (zum beispiel im hobbyzimmer) habe ich immer ein moleskine-notizbuch dabei. abends übertrage ich die ins moleskine notierten beobachtungen aus dem hobbyzimmer in das din-a5-heft. ich halte mich im internet in foren auf, die eichhörnchen betreffen. ich korrigiere den wikipedia-artikel zu eichhörnchen bis zu fünf mal am tag, am wochenende öfter. am wochenende sind viele nur vorgebliche so genannte eichhörnchenexpert/innen online, die unwahrheiten über eichhörnchen verbreiten. wenn die eichhörnchen alt werden, schlachte ich sie und bereite mir eichhörnchengerichte. am besten sind sie mit viel oregano und zitronengras. nie esse ich eichhörnchen mit rooibos, nur manchmal mit ingwer. ich sammle die mittelseitigen poster der zeitschriften jö und junior, wenn darauf eichhörnchen abgebildet sind. ich esse nichts mehr außer pignoli, bucheckern, eicheln, haselnüssen und eichhörnchen. ich nähe mir einen gehrock aus den fellen der verspeisten eichhörnchen. ich kaufe mir gamaschen aus eichhörnchenleder auf ebay. im hobbyzimmer liegen immer mandeln, pistazien, kastanien und walnüsse auf und die tagespresse, aber die meisten eichhörnchen interessieren sich mehr für privates. kokosnüsse, cashewnüsse, paranüsse und pekanüsse sind als eichhörnchennahrung nicht geeignet, weil die schon im studierendenfutter niemand mag. ich organisiere einen stammtisch beim schützenwirten zum thema eichhörnchen. wir treffen uns jeden sonntag um neunzehn uhr und tauschen uns über eichhörnchen aus. wir diskutieren kontroversielle fragen über eichhörnchen. meistens geht es um die zubereitung von eichhörnchen als mahlzeit. unser myspaceprofil hat 23.693 freunde weltweit. nebenher versuchen wir noch, das wort *zirbenschänder* als synonym für eichhörnchen zu verbreiten. der medienreferent des stammtisches liest jede woche alle zeitungsartikel vor, in denen eichhörnchen als zirbenschänder bezeichnet werden. ab drei artikeln pro woche gibt es eine runde zirbenschnaps. unsere lieblingseichhörnchen klopfen mit den knöcheln auf den tisch. es werden gebratene eichhörnchenschwänzchen als kleine knabberei gereicht. meistens zerstreut sich der stammtisch gegen einundzwanzig uhr.

die eichkätzchen sitzen in meinem hobbyzimmer im kreis. sie spielen scharade. die älteren eichkätzchen sitzen in der zweiten reihe und helfen den jüngeren aus, wenn sie nicht wissen, wie sie die begriffe *deterritorialisierung* oder *popkultur* pantomimisch darstellen sollen. ich habe kein lieblingseichkätzchen mehr. alle eichkätzchen sind gleich. wenn uns manche eichkätzchen rot und andere braun erscheinen, sind nur die wellenlängen des lichts, das sie reflektieren, verschieden. in ihrem wesen sind sie alle unsere freunde. wenn die eichkätzchen alt werden und zu eichkätzchenköniginnen werden, die ihre baumhöhlen nie mehr verlassen und von den jüngeren eichkätzchen versorgt werden, fällt in ihren baumhöhlen viel staub an. der staub besteht aus abgefallenen haaren und hautfetzchen der greisen eichkätzchenköniginnen. diesen staub streuen die jungen, unsichtbar flinken eichkätzchen jede nacht in die augen der menschen, damit sie schlafen können. morgens finden wir weiße klümpchen in den augen. man nennt sie gregilan. ich suche im web2.0 nach content, der mit eichkätzchen getaggt ist und bessere die tags aus. *zirbenschänder* schreibe ich über alle eichkätzchen-tags. die erde dreht sich, das weltall weitet sich aus, organische vorgänge nehmen ihren lauf, alles ist im gleichgewicht, ein neuer tag bricht an. ich gehe an der hand meines lieblingseichkätzchens durch die langen schmucklosen gänge meines westflügels. ich sitze in der küche. ich gehe zum stammtisch. ich gehe wieder nach hause. ich besuche freunde. ich gründe eine bürgerinitiative. ich erstelle mit photoshop cs2 einen flyer, auf dem für meine bürgerinitiative geworben wird. ich klingle an verschiedenen türen. die leute lassen mich in ihre wohnung, bieten mir filterkaffee an. ich vertreibe mir die zeit damit, mich die namen von allen möbeln zu prüfen, die ich kenne. bei den ikea-möbeln, die ich nicht kenne, denke ich mir selber namen aus, wie sie heißen könnten. ich nenne alle möbel zirbenschänder. jeder geschlossene raum ist im grunde eine baumhöhle. ich säe buchen. ich züchte buchen. mein neues hobby nimmt mich ganz in beschlag. ich bastle tiere aus bucheckernschalen. ich bastle nur eichkätzchen. ich bastle eichkätzchen aus ganzen bucheckern. ich biete sie den eichkätzchen im hobbyzimmer als mahlzeit an. die eichkätzchen neigen respektvoll den kopf. ich gehe nicht mehr zum stammtisch. mein lieblingseichkätzchen führt mich sicher. ich beschäftige mich mit phrenologie. ich räume die bäume und baumattrappen aus dem hobbyzimmer und richte dort eine bibliothek ein. die eichkätzchen verlangen danach. sie lesen nur phrenologische forschungsliteratur. mein lieblingseichkätzchen führt mich nach draußen, auf die bank. wir führen gottesbeweise durch. wir erkennen das wesen der welt. erkenntnis glänzt sanft aus unseren dunklen leeren augen. viel erlebt man nicht. fahrradschlösser abschließen, fahrradschlösser aufschließen, bücher ausleihen, straßen überqueren, den buchen beim wachsen zusehen. mein lieblingseichkätzchen verrät mir, wo man die stempel in pizzaeckform kaufen kann, mit denen sie die zehnte-pizza-gratis-aktionskärtchen bei der takeaway-pizzeria abstempeln. ich verkaufe das geheimnis um zehn euro an alle menschen, die es wissen wollen. mit zehn selbst abgestempelten aktionskärtchen hat sich die investition für meine kunden amortisiert, stempel und stempelkissen schon mit eingerechnet. wieder geht die sonne auf, ein neuer tag beginnt. die mp3-player werden immer kleiner und die sonnenbrillen wieder größer. die buchen wuchern den eingang zum westflügel zu. die ganzen gänge voller buchen. walnüsse, auf die die eichkätzchen phrenologische karten gezeichnet haben. die eichkätzchen spielen wieder scharade. sie sitzen aufgereiht in der form einer moebiusschleife. sie stellen nur mehr den begriff *phrenologie* dar, indem sie ihn in photoshop cs2 mit der usb-maus zeichnen. mein hobbyzimmer: eine baumhöhle. ich atme langsam, wie von ferne. mein lieblingseichkätzchen hat sich den kopf geschoren und die unter der kopfhaut liegenden hirnareale beschriftet. in jedem sauber abgegrenzten bezirk steht *deterritorialisierung*. eine baumhöhle. der geruch von glas. zirbenfurnier.

eichhörnchen rufen mich aus dem schlaf, sie rütteln mit ihren kleine pfoten an meinen händen und versuchen mich hochzuziehen. ihre kraft reicht naturgemäß nie. ich stehe auf, es gibt immer viel zu tun. ich habe mein hobby zum beruf gemacht. ich trinke kaffee aus haselnussschalen. den vormittag verbringe ich mit meinem lieblingseichhörnchen auf der bank vor dem haus. wir erstellen graphologische gutachten. mein lieblingseichhörnchen und ich arbeiten als mediatoren. wir nehmen schriftproben unserer kund/innen und analysieren daraus die krankheiten, die sie haben und von denen wir sie befreien können. mein lieblingseichhörnchen diagnostiziert immer nur sciurinophobie. als therapie empfehlen wir unseren kund/innen immer, sich alles, was sie bedrückt, als eichhörnchenfohlen vorzustellen. wir lösen alle konflikte, harmonie strömt uns zu. wir werden reich und setzen uns zur ruhe. wir machen kunst. mein lieblingseichhörnchen nimmt weißes rauschen mit einem spielzeugkassettenrekorder auf, der ein merchandisingprodukt zum film bambi ist. mein lieblingseichhörnchen überspielt das weiße rauschen tausendmal von kassettendeck a auf kassettendeck b und wieder zurück. mein lieblingseichhörnchen bittet mich, die kassette zu beschriften, seine kleinen pfoten können keinen kugelschreiber umklammern. ich schreibe tausendmal von kassettendeck a auf kassettendeck b und wieder zurück überspieltes weißes rauschen auf die kassette. mein lieblingseichhörnchen klatscht freudig in seine kleinen pfoten. ich habe sciurinophobie. als therapie visualisiere ich mein lieblingseichhörnchen als eichhörnchenfohlen. geheilt widmen meine eichhörnchen und ich uns der rettung der welt. wir nehmen mit dem bambi-rekorder den gesang der letzten vögel auf, die noch keine handyklingeltöne nachpfeifen. meine flinken grauen freunde klettern furchtlos in die entlegensten baumwipfel im hobbyzimmer. ich habe keinen handyempfang mehr. wir überspielen die kassette mit den vogelstimmen tausendmal. wir verkaufen die vogelstimmen an jamba. bald klingeln alle handys wie wirkliche vögel und die wirklichen vögel pfeifen wieder wie wirkliche vögel. die eichhörnchen zittern vor freude, sie flüstern sich worte in die ohren, die wir nicht hören können. es gibt ein festmahl aus pignoli und zirbenkernen. ich nehme das schmatzen der eichhörnchen mit dem bambi-rekorder auf. ich spiele es rückwärts ab, während ich schlafe. ich gelange so zum einblick in komplexe zusammenhänge. ich beschäftige mich mit vedischer mathematik. ich dechiffriere den aktuellen ikea-katalog, das ist ganz einfach. ich sitze auf der bank vor dem haus. ich bilde die ziffernsumme der ikea-namen, wenn man deren buchstaben in zahlen umwandelt nach ihrer stellung im alphabet. mein lieblingseichhörnchen auf meiner schulter hilft mir beim kopfrechnen. die ziffernsumme des gesamten ikea-katalogs 2007 ist sieben. wir rechnen alle geraden jahrgänge seit 1978 aus. jedes jahr eine sieben. der himmel verdüstert sich, sturm kommt auf. wir sitzen im hobbyzimmer, wir checken unser myspaceprofil. wir haben sieben neue freundesanfragen. wir bestätigen alle freundesanfragen und essen jeder eine halbe eichel und einige mandelsplitter. die eichhörnchenfohlen stellen sich so auf, dass sie von oben gesehen einen schriftzug ergeben. *aleatorik* schreiben sie auf den boden des hobbyzimmers. ich erkenne aus ihrer schrift, dass sie unter capreolophobie leiden und spiele ihnen tausendmal ihre stimmen rückwärts mit dem bambi-rekorder vor. die eichhörnchenfohlen beginnen zu weinen. mein lieblingseichhörnchen blickt mich traurig an. es wird bald neue eichhörnchenfohlen gebären. die eichhörnchen ziehen aus dem hobbyzimmer. mein lieblingseichhörnchen blickt mich noch einmal stumm an, dann hüpft es behände aus dem fenster und klettert flink durch die buchen davon. die eichhörnchen leben sanft in ihrem staat, sie sind alle schwestern. es gibt keine flachbildfernseher, pfefferstreuer und kraftfahrzeuge. nichts wird immer größer, alles bleibt immer eins. die eichhörnchen regeln ihre dinge nicht übers geld, es herrscht tauschhandel und sanftmut. die jungen eichhörnchen winken mir ein letztes mal. leise schließe ich die tür zum hobbyzimmer. ich gehe ein letztes mal durch die langen schmucklosen gänge des westflügels. es gibt immer viel zu tun. ich muss mich beeilen, sonst komme ich zu spät zum stammtisch. als alle gekommen sind, spreche ich: alles sinnen und trachten der herzen der menschen ist böse. dafür müssen sie vom erdboden vertilgt werden und mit ihnen auch das vieh, die kriechtiere mit ausnahme der eichhörnchen und die vögel des himmels, mit ausnahme der wirklichen. niemand sagt etwas. wir bestellen noch eine runde zirbenschnaps. gegen 22:00 zerstreut sich unsere kleine runde.

Stephanie Gleißner
Hinterland

Agnes Binder rupft im Hinterland Grashalme. Zum Kittel mit den vogelwilden Farben pulen geschwollene Finger in den Pflasterritzen, scheuchen Ameisen auf, jagen Würmer. Agnes Binder zieht Rotz hoch und streicht mit dem Handrücken den Schweiß von der Stirn in die verbrauchte Dauerwelle. Sie denkt längst nicht mehr an diese, ihre Finger, die sich wie Tampons blähten im Spülwasser. Auch vergisst sie über den Grashalmen die aufgerauten Fasern des Holzschrubbers, die sich in ihre Haut gruben. Abends hatte sie mit Nähnadeln nach ihnen gebohrt, hatte Cremes und Salben eingeklopft, die Augen immer schon fast am Zufallen vor Müdigkeit – früher.

Das Hinterland setzt sich aus allerlei Nebensächlichkeiten zusammen: Hollywoodschaukeln liegen brach, Dahlien blühen, bis sie vom ersten Herbstschnee erschlagen werden. Ihre Wurzeln werden in Kübeln zusammengeklaubt, im gekachelten Keller gelagert und im Frühling wieder hervorgezerrt.

Was haben sie erwartet? Dass Agnes Binder, Kopf und Rücken gerade, den langen Hals gereckt, das dunkle Haar im Nacken festgesteckt, die Wangen leicht gerötet, hier ihre Siege erringt? »Das haben schon ganz andere Kaliber versucht«, grummeln die Alten auf den Bänken vor der Kirche. Wie ein Schlachtschiff ist sie eingezogen, trug die schrottige Reisetasche wie eine Handtasche. Fein war sie nicht, wie sie die Tasche trug. Nicht etwa um die Schulter gehängt, wie wir sie getragen hätten, sodass sie uns bei jedem Schritt von hinten in die Kniekehlen gefahren wäre. Nein, Agnes Binder trug ihre schrottige Reisetasche, die Henkel in einer Hand zusammengefasst, einen halben Meter neben ihrer Hüfte, sie spannte die Oberarme an, bis der Bizeps hervortrat. Nur unsere Omas verwendeten noch dieses Wort, doch ich dachte es jetzt: tüchtig. Das Ziehen in den Armen und das schmerzliche Einschneiden der Riemen verbarg Agnes Binder hinter Gesichtszügen, deren Abgeklärtheit und Verschlossenheit mich an das Gemälde des Verkündigungsengels über dem Alter unserer Kirche erinnerten. Sogar als sie einen Gruß in unsere Richtung andeutete, uns kurz zunickte, verzog sich dieses Gesicht nicht. Ich erinnere mich an unsere Spekulationen, dass wir übereinkamen, dass sie keine Ausländerin wäre, und dass sie doch jünger sein musste, als man auf den ersten Blick annahm.

»Ja, sie ist so ein Typ, den man immer älter einschätzt, als er eigentlich ist«, sagte Lena.

Ich trippelte unruhig am Rande unserer Clique herum. Unsere Ansammlung, diese spätnachmittäglichen Treffen, das Herumstehen und Plappern, das Urteilen und Informieren über jeden der vorbeigeschlenkert kam, waren mir unangenehm geworden. Ich hoffte, dass sie mich nicht gesehen hatte. Nicht unter diesen Umständen, nicht mit den anderen. Wir überlegten, bei wem sie eine Anstellung bekommen hatte, denn arbeiten, das wollte sie hier, darüber waren wir uns sofort einig. Und ich erinnere mich, dass ich in allem anderer Meinung war, dass sie aus irgendeinem Ausland kommen müsse, und dass sie das Gesicht doch verzogen habe. Ihre dichten Brauenbögen hatten kurz gezuckt. Dieses Zucken – es war ein Erschrecken. Ein Erschrecken, das man ihr nicht anmerken sollte, ähnlich einem unterdrücken Niesen. Sie kann beherrscht erschrecken, dachte ich, und ich stellte mir dieses zuckende Erschrecken vor, Dutzende Male und lächelte dazu. Ich erinnere mich an das Licht, das schräg durch die Kastanienbäume brach, den Vorplatz der Kirche in surrende Zitronennebel hüllte und an der angrenzenden Auslage der Bäckerei Gast abprallte, sodass die Strahlen vor den klebrigen Marmeladenöffnungen der ausgestellten Krapfen zerstieben, und ich auf dumme Gedanken kam und glaubte, das Licht breche direkt aus den Krapfen heraus. Wahrscheinlich lächelte ich darüber, und einer von den anderen fragte mich etwas oder machte eine Bemerkung, doch ich verstand nichts, sah nur Agnes Binder durch die krapfengeborenen Lichtstrahlen an der Ecke von Eisenwaren Seitz verschwinden und Hans Kohls auftauchen, in die Strahlen hineinschlendern und schließlich ohne einen Blick für uns in den Hintereingang der Apotheke Nordau verschwinden.

Gerne würde ich behaupten, es habe mit dem Licht angefangen, mit dem gemeinsamen Auftauchen und Verschwinden von Agnes

Binder und Hans Kohls. Aber dann meine ich mich auch noch an die Windböen zu erinnern, die ihrem Verschwinden folgten, die den Staub aus den Kopfsteinpflasterritzen scheuchten, sodass sich das Licht nochmals brechen und an diesem föhnigen Frühlingsabend den Anfang setzen konnte. Ich habe versucht, mich nicht von diesem Anfang täuschen zu lassen, habe Verschiebungen vorgenommen, habe Stichproben in Erinnerungshaufen gemacht, habe andere Bilder hervorgezerrt, sie gegen's Licht gehalten: die losen Bänder ihrer weißen Schürze auf dem schwarzen Rock, seine langen Finger an die Schläfen gepresst, ihre starken Schultern, geperlter Schweiß über seinen Augenbrauen, dann ihr Gesicht im Halbschatten, das verschwommene Bild einer Bewegung, ihr Gesicht nur noch an wenige Fäden gespannt jetzt, das Verfetten, und etwas Nach-innen-gewandtes auf einem Foto – keines dieser Bilder ist stark genug, das allererste zu verdrängen. Hat man das erst einmal bemerkt, weichen die oben aufgelegten Bilder immer weiter zurück, hinter das eine, hellere, das den Anfang und das Misstrauen setzte.

I. Im Umkreis des Brahmanen

Karl Rieder behauptete: »Deh-deh-deh-die Kh-Kh-Kh-Küe-Küe schreien, weil s-s-s-sie g-g-gemol-g-g-g-gemol-gemolken«, und ich hielt es nicht aus, zertrümmerte mit meinen mühelos hervorsprudelnden Sätzen seine fragilen Stottertürmchen: »Nein, sie haben Angst, weil sie geschlachtet werden.«

Karl Rieder schwieg jetzt, sodass nur noch die Kühe zu hören waren, die schrieen, weil sie geschlachtet werden. Sie waren nicht mehr zu hören, als wir die einzige Verkehrsampel im Ort erreichten. Dort blieb er stehen, drückte, wartete auf Grün, während ich schon bei Rot rüberlief. Ich hatte Angst. Nicht so sehr davor, überfahren zu werden, sondern vor der Polizei. An manchen Sonntagen, wenn ich an Mamas Arm hängend im Grillshop Hähnchen, Pommes und Salat holte, saß da in der dunkelsten Ecke, nicht gleich zu sehen, die Polizei. Sie saß nur halb auf ihren Hockern. Sie hatte dicke Pos und Schnauzbärte und aß Hähnchen wie wir, Pommes und Salat. Im Pausenhof hatte ich einmal das Gespräch von Viertklässlern belauscht. Sie berichteten einander von Verfolgungsjagden, Umwegen, Abkürzungen, Unterschlüpfen und von Klaus und Erich, die schließlich doch noch aufgabelt worden waren bei einer Fahrradlichtkontrolle an der Ampel im vergangenen Herbst.

Ich erinnere mich, dass ich die Schritte von einer Ampelseite zur anderen zählte: Es waren sechs. Sechs Schritte. Karl Rieder ahnte nichts von der Angst, von den Schnauzbärten und den dicken Pos. Wie sollte er auch. Ich lächelte ihm noch einmal von der anderen Seite zu. Es war ein dreckiges Lächeln, denke ich heute, während er dastand, verzagt an seinen Pulloverärmelbündchen nuckelnd, auf Grün wartend.

Es gab die Angst vor der Polizei, und die Angst, mit Karl Rieder gesehen zu werden. Letztere war größer. Ich erinnere mich nicht, dass ich sonderlich erleichtert gewesen wäre, als Karl Rieder nach den Sommerferien eine Stunde früher mit dem Bus zur Sonderschule fuhr. Auch weiß ich nicht, ob ich weiterhin bei Rot rübergelaufen bin. Habe ich einfach vergessen.

Die Schreie der Kühe im Stall von Schlachter- und Metzgermeister Rieder hingegen haben sich in die Dämmerung des Hinterlands eingeschlichen. Sie haben sich mit seinen Bewohnern verbunden und begleiten ihre Spaziergänge an der Peripherie. Erwachte Hans Kohls vom Schreien der Kühe im Stall nebenan? Was für eine Art, den Tag zu beginnen, aufzuwachen. »Schon komisch, wenn man darüber nachdenkt«, sagten später die Alten und Jungen auf den Bänken vor der Kirche, am Brunnen und beim Gries-Wirt. Vielleicht war er von klein auf an das Schreien gewöhnt und hat es gar nicht mehr bemerkt?

Hans Kohls war ein Brahmane. Ich nannte ihn Hans Kohls. Nicht einfach Hans oder Kohls, sondern immer beide Namen, weil sie bei ihm unbedingt zusammengehören, dachte ich. Und es dauerte nicht lange, da hielt ich auch vor den anderen nicht mehr zurück. Ich sagte: »Der Brahmane«, oder noch häufiger Name und Titel: »Hans Kohls. Der Brahmane«. Sie verdrehten die Augen. Sie wussten nicht, was ein Brahmane ist, wollten es auch nicht wissen, sondern starrten einander an mit traurigen Blicken, die nicht weit reichten, da sie schon frühzeitig an den nahen Bergen abgeprallt und stumpf geworden waren.

Nur Lena wusste, was ein Brahmane ist. Sie puffte mich leicht mit dem Ellenbogen in die Seite. Sie war meine Freundin damals, zog mich drei Stufen hinunter in die Bäckerei Gast, von den anderen weg, dorthin, wo sie noch immer wie zu Grundschulzeiten zwei Schlümpfe, drei Erdbeeren, drei Kirschen und vier saure Zungen kaufte. Wir schlenderten gemeinsam durchs Gries, pulten schmatzend und schnalzend zwei Schlümpfe, drei Erdbeeren, drei Kirschen und vier saure Zungen aus unseren Zähnen, und Lena legte mir den Arm um die Schultern.

Lena war klein. Sie half ihrem Vater auf dem Bau und in der Landwirtschaft. Das breite Kreuz und die kräftigen Schenkel, Auswirkungen dieser Arbeiten, ließen sie etwas untersetzt erscheinen. Sie war ständig damit beschäftigt, sich die blonden Strähnen aus der Stirn zu streichen. Manchmal, wenn sie ungestört ihre Gedanken verfolgen wollte, schob sie nur die Unterlippe vor und pustete die Strähnen hoch. Ich erinnere mich, dass sie zu den Alten auf den Bänken, die immer fragten, wem wir denn gehörten und was wir denn später einmal machen wollten, sagte: »Irgendwas in der Welt«, und dass sie dabei mit ihren fruchtgummifeuchten Lippen grinste, mich weiterzog und den Kopf schüttelte: »Oh Mann, der reinste Überwachungsstaat hier!«

Ihre Eltern verdienten wenig, und gegenüber Lena zeigten sie sich besonders knauserig. Sie musste sogar den Pausenkakao von ihrem Taschengeld zahlen. Was sie hatte, sparte sie für Bücher, die man in der örtlichen Buchhandlung erst bestellen musste, und für Zugfahrten nach München, wo sie in kleinen Kinos Filme anschaute, die bei uns nie anliefen. Ihre Kleider bezog sie fast ausschließlich aus Spendencontainern, oder sie fand sie an Bus- und U-Bahnstationen. Sie bemühte sich sichtlich, sie mit Stolz zu tragen. Niemand sollte merken, dass sie nur bedingt selbst ausgesucht waren. Sie ging besonders aufrecht, reckte sogar das Kinn ein wenig nach oben. Die Lehrer liebten Lena. Ich glaube sie waren gerührt. Lena hätte diese Rührung gehasst, hätte sie sie bemerkt.

In Lenas Kopf liefen Bücher und Filme zusammen. In ihnen war sie wild und frei. Sie sagte manchmal Sachen wie: »Oh, du glaubst nicht, wie gerne ich vögeln würde, aber hier, Annemut, mit wem denn, bitte schön?!« Sie versuchte lässig zu sein, wenn sie solche Sachen sagte, doch ihre Zunge schlug vor Aufregung gegen ihre kurzen Zähne und vor dem unanständigen Wort hielt sie kurz den Atem an und sprach es dann wie in Anführungszeichen aus. Ihre etwas schief liegenden Augen funkelten grün dabei, und sie klammerte sich begeistert an meinen Arm und wollte noch mehr sagen und konnte es dann doch nicht.

Wann immer ich von Hans Kohls, dem Brahmanen, anfing, wurde sie ernst. Sie folgte meinen Überlegungen, wertete die wenigen Informationen aus, die wir über ihn hatten und hielt auch vor seinem Namen kurz den Atem an, als gehöre er wie das Vögeln zu den Dingen die »in der Welt« waren. Lena hat nie gefragt, warum ich ihm diesen Titel gegeben habe oder was er bedeuten solle. Sie hatte zwar ein wenig gekichert, als ich ihn einführte, »du spinnst ganz schön«, hatte sie gesagt, aber nichts weiter. Ich glaube, sie hat instinktiv verstanden.

Hans Kohls hatte dunkelbraunes, aschenes, vielleicht sogar schwarzes, lockiges Haar. Mit meinem Gedächtnis hat es nichts zu tun, dass ich mir darüber unsicher bin, ich war mir auch damals schon unsicher deswegen. Auch die Länge seiner Haare war nicht eindeutig zu bestimmen. Da er sie am Hinterkopf zu einem unordentlichen Knäuel zusammengefasst hatte, müssen sie mindestens kinnlang gewesen sein. Er trug meist eine grobmaschige schwarze Wollmütze darüber, die er weit in den Nacken zurückzog, sodass ihm vorne einige Locken in die Stirn fielen.

»Was meinst du, ob er nachts draußen schläft?«

»Hä!? Warum sollte er draußen schlafen?«

»Findest du nicht, dass sein Haar staubig aussieht und sein Parka, die Jeans, alles wirkt so knittrig, zerlegen?«

»Weißt du, Annemut, was ich glaube? Ich glaube, er schläft nicht, nicht so wie wir. Ich glaube, er schläft mit geöffneten Augen auf einer Säule stehend.«

Ich versuchte mir das vorzustellen. Es ließ sich sehr gut vorstellen. Ich war dabei, es für möglich zu halten, doch Lenas Glucksen und Prusten zerstörte das Bild.

»Annemut! Du hältst es tatsächlich für möglich, dass er auf einem Bein stehend mit offenen Augen die Nächte auf einer Säule verbringt!«

»Nicht auf einem Bein stehend«, entgegnete ich.

Nur zögerlich stimmte ich in ihr Lachen ein.

Jeannette Hunziker
(...)

Es war im April, als ich das Bild von euch beiden geschossen habe, während ein bisschen weiter unten am Fluss Fabiennes Körper aus dem Wasser gezogen wurde. Keiner von uns hat es gesehen, wir waren alle beschäftigt.
Alain stand bis zu den Knien im Wasser und warf seine Angel aus. Er trug Latzhosen aus Gummi und olivfarbene Stiefel. Professionell, lachtest du, sieht das aus; bücktest dich und griffst nach einer kleinen, flachen Dose.
Du hast Alain den Köder zugeworfen, den er mit einer flinken Bewegung an den Haken steckte. Ein Polizeiboot glitt geräuschlos an euch vorüber, schnitt in die Wasseroberfläche und warf Wellen, die über deine roten Turnschuhe schwappten.
Ich bin auf dem Spazierweg oberhalb der Böschung gestanden, halb in ein Gebüsch hineingekauert und habe euch fotografiert, beinahe versehentlich; ich wollte eigentlich Krähen ablichten für ein Kalenderblatt, für einen Kunden, der gutes Geld bezahlte, aber dann warst es doch wieder du, die mir vor die Linse geriet.

Alain hat beobachtet, wie Beamte und Sanitäter in grellgelben Jacken mit Eisenstangen durchs Wasser pflügten; er sah zu, wie sie innehielten und grünen Schlick herauszogen. Du hast weggeschaut, an deinen Schuhen herumgenestelt, die Krähen beobachtet, die aufgeflogen waren in meine Richtung. Gesehen hast du mich nicht.
Der Widerhaken verhedderte sich im Fleisch von Alains linkem Ellbogen und riss eine triangelförmige Wunde; er fluchte, genau wie damals, bei der mittlerweile vernarbten Stelle, die du an seinem rechten Unterarm entdeckt hattest. (Die Narbe, die sich später mit dem Gesicht des deutschen Touristen in Ägypten vermischen wird, der nach dem Anschlag neben dir sitzt in der Hotellobby und nicht versteht, was mit seiner Frau geschehen ist.
Menschen in Trauer – sagtest du einmal zu mir –, sie diver-

gieren gleichzeitig in mehrere Richtungen und legen einen Kern frei, den man selten als das erkennt, was einem dieser Mensch gewesen ist.)

Später ist ein Mann vorbeigekommen, groß und schwer. Er blieb eine Weile stehen und erzählte, sie hätten jemanden herausgezogen direkt vor seinem Fenster, das auf die Flussschneise hinausgeht. Ein nasser Sack Mehl, wie immer, sagte er und lachte. Alain schien ihn zu kennen. (Du dachtest an Märchen, als ihr das Fischerzeug eingepackt habt, von Müllerstöchtern, die zu Hause blieben und ihren Müttern halfen, Brote zu backen fürs Dorf, und von Söhnen, die auszogen, um die Welt zu sehen und das Fürchten zu lernen und die am Ende immer zurückkamen mit einer Braut im Arm.)

Was tut es zur Sache, fragtest du, dass wir, ohne es zu wissen, dabei gewesen sind, als sie Fabienne aus dem Wasser gezogen haben. Du hast sie kaum gekannt.

Fabienne, die sich die Balkontüre mit der einen Schulter aufhält. Auf dem Bild, das ich von ihr gemacht habe und das an meiner Kühlschranktür hängen geblieben ist, trägt sie ein ärmelloses Hemd und balanciert einen Teller mit rosafleischigen Melonenschnitzen; die Sonne scheint ihr mitten ins Gesicht, sie hält die Augen geschlossen und lächelt. Das ist deine Erinnerung an sie, deine erste.

Die Stadt, in der wir leben, ist klein, und wir sind wenige, sagtest du nach der Beerdigung, an der wir uns endlich wieder getroffen hatten.

Ich sah dir an, du fandest, ich wirke kleiner als sonst. Ich hatte mir einen Bart wachsen lassen und sah unordentlich aus, zerwühlt.

Wir standen weit voneinander weg, kehrten uns aber, wann immer möglich, den Oberkörper zu. Als wären wir Zirkusartisten, die ein unsichtbares Gleichgewicht verbindet, ein verborgener Trick.

Danach kommt vielleicht die Sonnenbrille mit Gläsern groß wie Tennisbälle, oder die engen Kapuzen-T-Shirts, die weißen Stiefel, um die du sie beneidet hast, wenn wir sie per Zufall einmal getroffen haben im Ausgang oder auf der Straße.

Alain war Fischer von Beruf. Somit hatte sich der Geruch deines neuen Mitbewohners geklärt.
Er roch nicht nach Fisch Fisch. Eher war es ein leicht perverser Duft wie du ihn von deinem eigenen Körper kanntest, zwei, drei Tage vor der Menstruation.
Ich erinnere mich: ein kühler, verletzlicher Schwall ausgestoßener Hitze wie bei fiebrigem Schweiß.
(Als ihr beide bis zu den Kniekehlen im Wasser standet und Alain dir zeigte, wie man die Rute zu werfen hatte, ohne dass sich der Nylonfaden verhedderte und verknüppelte, bellte Lulu Lulu ein Gebüsch an, oberhalb der Böschung am Spazierweg, Alain verletzte sich am Widerhaken und fluchte, ein Polizeiboot schwappte Wellen über deine Füße, ein Mann kam euch entgegen.)

Alain stellte dir König vor.
König war sein Vorgesetzter und Leiter des Fischereiverbandes. Er wohnte im Haus mit den weißen, abgegriffenen Spitzenvorhängen unten am Stauwehr, wo du bei deinen täglichen Spaziergängen mit Lulu Lulu vorbeikamst.
Er hatte, im Gegensatz zu Alain, grobe und große Hände, durch deren rosige Innenseiten sich Spalten zogen. Sein Kopf blieb auf das Brustbein gesenkt, als er dir die eine Hand reichte und mit der anderen beschwichtigend über Lulu Lulus aufgeregt herumruckenden Kopf strich.

Zwei Wochen später – kurz vor Ostern – schliefst du das erste Mal mit ihm. Du liefst mit Lulu Lulu den Fußweg entlang bis zu seinem Haus und schautest in die Fenster. Dort, wo der Vorhang gegen die Scheiben drückte, sahst du jemanden herumgehen.
Er öffnete dir die Tür, bevor du überhaupt anklopfen konntest und nahm dir Lulu Lulus Leine aus der Hand.
Das Licht fiel aus dem Kippfenster direkt auf seinen Bettbezug und war so hell und klar, dass dir die feinen Stoppel um deine Knie – die du immer zu rasieren vergaßest oder auch einfach ausließest, weil die Stelle zu mühsam war – ungehörig dunkel schienen, und dass du sie so lange und eingehend betrachtetest, bis sich, wie ganz von alleine, ein Bild einstellte:
Lulu Lulus Vorderpfoten tänzeln, tasten leichtfüßig vorwärts, das Hinterbein, das linke (nur das ist noch übrig, der Verlust des

Rechten ist eine andere Geschichte) stellt sie nach, sicher und gezielt.

Wenn Lulu Lulu schnell lief, einem Stock oder Vogel nachjagte, hüpfte sie auf und ab wie eine Schaukel. Kopf hoch, Schwanz runter, Schwanz hoch, Kopf runter.

Oft genug hattest du die Spuren im kiesigen Sand betrachtet, um den darin gespeicherten Rhythmus zu erkennen. Ta-dam, Tam. Ta-dam, Tam. Ta-dam, Tam, sprachst du lautlos dem Hund nach. Die stimmlosen Laute, die stumme Wiederholung der drei Silben, war die unsichtbare Leine, mit der ihr einander hieltet. Wenn Lulu Lulu verlangsamte, verlangsamtest auch du. Wenn Lulu Lulu außer Sichtweite rannte, ranntest auch du; das Gesicht nach unten, dem Kiesweg zugekehrt und atemlos von deinem eigenen Gejapse.

König, der einiges älter war als du selbst und bestimmt auch älter als Alain, blieb mit offenen, an die Decke gerichteten Augen liegen, während du in deine Hose hineinschlüpftest; den Slip hattest du dir in eine der vorderen Taschen gesteckt.

Brecht diesen Tempel ab, und in drei Tagen werde ich ihn wieder aufrichten. Die Worte waren aus seinem Mund gekommen, (er meinte damit seinen Körper, ging dir auf) waren an der Decke abgeprallt und aus dem Kippfenster geschlichen, wo die Vögel hinein zwitscherten. Dann hatte er sich seitwärts aus dem Bett gerollt und war aufgestanden, um dir die Tür zu öffnen.

Die Rinnen, die von seinen Augenwinkeln abgehen wirst du erst bemerken, wenn du ihn auf die Wange zu küssen versuchst.

Waren es die Spuren einer älteren und autonomeren Geschichte als deine eigene, als unsere und Alains Geschichte es sein konnten, die dich zu ihm hinzogen?

König und Alain waren wie die beiden Seiten einer einzigen Münze, schreibst du mir in einem deiner ersten Briefe aus Frankreich.

Du hattest versprochen mir zu schreiben, mir zu erzählen, wo mein Wissen nicht ausreicht; dein Auswandern zu begleiten, wo mein Vorstellungsvermögen nicht hinlangen kann; etwas von dem zu berühren, was du bist, was du warst, nachdem wir voneinander getrennt waren und bereits nach kurzer Zeit verschiedene Wege gingen.

Ich entdecke, dass du mehr verschweigst als mir lieb ist, dass ich dich erfinden muss und eben das Erfinden, das ist, was mich an dich erinnert. Weil ich dich, indem ich dich erfinde, wiederhole?

König verkörperte die verheerende Kehrseite einer Absolutheit, die du an Alain bewundertest und die du früher als Feindseligkeit missverstanden hattest; eine Absolutheit, die von allen Menschen und allem Besitz freizumachen schien, die ihn leicht machte.
(Jetzt liebtest du Alains Einfachheit, seine präzise Ehrlichkeit, die es schaffte, dich sprachlos zu machen, ohne dass du verletzt wurdest dabei.
Im Gegensatz zu uns beiden – deine Schrift wird krakelig, als wolltest du trotz deines Versprechens verhindern, dass ich dich lese – wir haben uns gegenseitig stumm gezwungen.)

König: du erinnerst dich an seinen schweren Körper auf dir, an die Auflösung seines Gesichtes, die dich erschreckt hat zuerst und die dir ungehörig schien; an die Wölbung seines Bauches – Knitterstellen, die dir so noch nicht begegnet waren – erinnerst du dich. Du stauntest, wie sehr ein Körper sich faltet und über deine Wut, dass du dich seiner plumpen Unberührbarkeit nicht entziehen konntest.
Du wolltest ihn vom Gegenteil überzeugen, giertest nach seinem Wunsch, ohne dich nicht mehr sein zu wollen.
Du bist über dich selber erschrocken, warst aber schon zu weit gegangen, hast dich mehr und mehr entblößt, bis du zu einem hässlichen Kern von Leidenschaft fandest, die sich in einem wütenden Stöhnen entlud, das an Lulu Lulus Knurren erinnerte, weit ausholend, entrückt, als hätte es nichts zu tun mit der Zeit, in der wir leben; mit mir warst du nie laut gewesen.

Auf dem Heimweg bist du die Böschung zum Fluss runtergestiegen.
Zum Baden war es noch zu kalt, du schwenktest deine Arme und Beine im Wasser; als seien sie Verlängerungskabel, mit denen du dich an deine Umwelt anschlossest.
Daran würdest du denken, als du König einmal im Spätsommer umarmtest. Als du mit deinen Armen um seine Taille gegrif-

fen hast, bis du wieder nach deinen eigenen Händen hast langen können.

Das Kind wird sich in dir einnisten, und auch dein Körper wird sich auffalten nach und nach; wie eine Gebirgslandschaft, schreibst du.

Das Bedürfnis, nach Lulu Lulus Stumpf zu greifen, hat dich so plötzlich gepackt, wie du an der kühlen Luft, nass wie du warst, zu frieren begonnen hast. Du hast den Stumpf in deiner geschlossenen Faust festgehalten und gefühlt wie die Enden der Muskeln gezuckt haben.

Du vermisstest die Uni in keiner Weise.

Alain war seit drei Wochen weg. Er hatte kopfüber beschlossen, über Ostern wegzufahren, seine Sachen gepackt und dich gebeten, auf Lulu Lulu zu schauen.

Du kannst sie ja mitnehmen – hatte er gesagt und dabei mit dem Kopf vage in die Richtung von Königs Haus gedeutet; sie kennt den Weg.

Du saßest in der Buchhandlung und schautest wie der Regen Schlieren zog über die Scheiben, aßest den Kuchen, den Marianne aus ihren Pausen mitbrachte; Nüsse oder Früchte, je nach Laune, mit Puderzucker.

Eigentlich, schreibst du, war es dasselbe wie an der Uni, das Rumsitzen und das Wieder- und Wiederlesen von Zeilen und Abschnitten, und immer träger werden dabei, bis der Feierabend zu einer unumgänglichen Vorwärtsbewegung wird. Nach Hause gehen, Alain umarmen, als er endlich wieder da ist, sein Ausflug nach Italien war dir endlos vorgekommen, und Fisch riechen (dich an das Würgen im rot gekachelten Badezimmer in Ägypten erinnern).

Du gingst mit Lulu Lulu spazieren, wann immer dir danach war. Ihr liefet von der einen Brücke zur nächsten und machtet eure Rundgänge um das eine Stückchen Fluss, der die Stadt in einer losen Schlaufe festhielt.

Manchmal habt ihr euch ans Ufer gesetzt und gemeinsam ins Wasser geschaut. Ihr habt beobachtet, wie sich die Oberfläche an Stellen zusammenzog, als wäre sie nackte Haut, die friert – als läge unter ihr ein Körper – während die Möwen die Luft in ein unbekanntes System von Punkten zerteilten, an denen sie kurz ausharrten – blieben sie hängen? – und sich dann in Schräglinien über das Wasser schoben.

(Die Vögel, schreibst du, erinnerten dich an die Rituale deiner Kindheit.
Ständig hattest du Schmerzen in Fersen und Kniescheiben. Der Kinderarzt sprach von einer Wachstumsstörung; man konnte nichts dagegen tun.
Du musstest die Kleider nach jedem Essen wechseln, musstest dir die Hände, den gesamten Körper mehr als nötig waschen, bis die Haut schuppig wurde und riss. Du glaubtest daran, nur die richtige Zauberformel finden zu müssen, dann würde alles gut.
Ich erinnere mich, dass du die Augen zusammenkneifst, wenn du sprichst, den Mund. Du ließest dich nicht halten.)

Auf einem der Spaziergänge bist du bei der Steinmetzwerkstatt stehen geblieben. Unter einem Wellblechdach standen Sandsteinfiguren, die man vom Münster heruntergeholt hatte, um ihnen die von Wind und Wetter fort getragenen Münder, Nasen und Finger wieder anzusetzen. Füllige Frauen in luftige Gewänder gewickelt.
Du hast zugeschaut, Lulu Lulu ist dir vorausgelaufen, wie die Männer zupackten, die Statuen hochhoben, steif wie sie waren, und in die Werkstatt hineintrugen.
Was denkst du, hast du später am Abend Alain gefragt, als dieser nach Hause gekommen war; wieder hatte er kaum Fische gefangen, König war wütend, sagte er. Du schlucktest heftig, dass du deinen Bauchnabel spürtest, als Knopf, der etwas zurückhielt. Was meinst du, setztest du noch einmal an, wie machen die das, wenn ein Stück Stein fehlt, weggeschliffen worden ist vom Wind, weggewaschen vom Regen? Meinst du, sie metzeln, meißeln eine neue Form aus dem noch vorhandenen Material, sodass die Gestalten immer kleiner und kleiner werden, bis sie eines Tages ganz verschwunden sind? Oder setzen sie neuen Stein an die fehlenden Stellen an?
Alain wusste es auch nicht.

König, ich bin schwanger.
Wenn du ihn das erste Mal direkt anschauen wirst, wird es vorbei sein, das wusstest du.

Du wirst vor deinem Bild, das sich dir in Königs Pupillen entgegenwölbte zurückschrecken und wie blind nach Lulu Lulus Leine tasten.

Es wäre Ende Oktober und der Fluss, auf dessen Oberfläche ein Blumenstrauß schwämme, käme dir ewig vor.

In den allerletzten warmen Tagen wird der Strauß, den ich für Fabienne hineingeworfen habe (als ein Zeichen, du kennst das, wir sind beide süchtig danach, welche zu setzen, festzuhalten; ich mit der Kamera und du mit Worten) welken und sinken. Seit ihrem Tod, sagtest du, würdest du tatsächlich an einen Körper unter der Oberfläche des Wassers glauben.

Und wenn du das nächste Mal mit Alain angeln gehen wirst – du warst nicht mehr angeln, seit ihr im Frühling König getroffen habt und ich euch zusammen fotografiert habe – werden sich braun schlierige Blütenfetzen an deinen Haken hängen.

(...)

Oliver Kluck
Flora, Fauna, Agitat

Ein Handwerker entfernte eine junge Birke aus der Dachrinne. Im Februar hatten sie die Öfen rausgerissen, die Fenster, dann, im Juni, die Badewanne, Toilette und Waschbecken. Es war in der zweiten Hälfte der Neunziger, als sich das Bürgertum seine Quartiere zurückeroberte und dessen Vertreter einer scheinbar neuen und doch immer gleichen Ordnung, als Vermieterbriefe getarnte Sprengladungen an der Brücke der Anarchie befestigen ließen. An einem Tag im Juni wurde ich neunzehn. Zum ersten Mal im Leben hatte ich das Gefühl, angekommen zu sein, weniger in einem Raum, als in der Zeit. Flora Basten stand, nur mit einer Hose bekleidet, die Arme auf ihre Hüften gestützt, mitten in dieser Zeit und fragte, ob ich es gewagt hätte, ihre Sonnenbrille zu nehmen. Brille, Fahrradschlüssel, Bücher, Feuerzeug, Notenhefte, Stifte, Spiegelreflexkamera. Ständig vermisste Flora Basten irgendwelche Dinge und immer nachdem sie angefangen hatte zu schreien und mit ihren kleinen harten Fäusten nach mir zu schlagen und lange nachdem wir ausgiebig miteinander geschlafen hatten, fand sich ihr Schlüssel in einer Schatulle im Bad, in der sie ihre Frauensachen aufbewahrte und die Kamera in einem unmöglichen Karton in der Zwischendecke. Fast schien es, als wäre alles ein Trick, der ihr half, den eigenen Stolz zu besiegen, der es nicht zuließ, dass sie sich jemandem hingab, dessen revolutionäre Bemühung ausschließlich darin bestand, die Kombination aus langen Hosen und Sandalen zu wagen.

Ich muss zehn oder elf gewesen sein, als ich durch Zufall bemerkt hatte, dass ich wie einer der Eingeborenen aussehe. Im Nachhinein ist die Sache natürlich ganz klar. Die Mutter meines Vaters kaufte damals regelmäßig in einem Wäschelager der Diakonie in der Nähe von Elmshorn. Nicht, dass es eine finanzielle Notwendigkeit gab, gebrauchte Schuhe, Unterhemden und sommertags Winterjacken in der Bedürftigenversorgung zu erstehen. Die Mutter meines Vaters kaufte einfach gerne ein und konnte auf diese Weise noch viel mehr kaufen, als es ihr in den Boutiquen möglich war, in denen sie Nachschub für den eigenen, aus allen Nähten berstenden Kleiderschrank organisierte. So kam es, dass immer, wenn sie uns besuchte, sie mir in Mülltüten verpackte Kleidung überreichte, die ich sofort anprobieren und nachdem ich mich bedankt hatte, für die restliche Zeit ihres Aufenthaltes tragen musste. Schau, was dir Oma mitgebracht hat, freust du dich nicht. Flanellhemden, Kunstlederjacken, Badehosen und einen grüngelben Synthetikpullover, auf dessen Front in eckigen Buchstaben das Wort COMPUTER gestickt war.

Ich war also *en vogue*, was dazu führte, dass, als ich einmal etwas gedankenversunken am Reuterplatz einen im Halteverbot vor dem Theater parkenden silberglänzenden Luxusreisebus mit Bielefelder Kennzeichen anstarrte, sich die offenbar auf Abenteuerurlaub in den Resten der sowjetischen Besatzungszone befindliche Reisegemeinschaft unter anteilnehmenden Blicken auf mich dahingehend absprach, dass Geld für meine Sanierung gesammelt werden müsse, damit ich es einmal so gut habe, wie die Yorkshireterrier in den Handtaschen der anwesenden Damen.

Mussten wir in Niedersachsen in einer Doppelhaushälfte leben, gab es in Pommern ein eigenes, freistehendes Haus für uns. Vier Zimmer unten, oben drei, zwei Bäder und eine Terrasse nach Norden. Der Klinkerbau war ein Erbstück eines alten Bekannten meines Vaters, der, durch eine Idee der Bundesregierung unverhofft zum Vermieter geworden, erfahren musste, wie sehr Eigentum verpflichtet und demnach und nach einigen Gerichtsterminen mit den seit Jahrzehnten in seinem unverhofften Familienbesitz hausenden Okkupanten, dringend auf der Suche nach einem Käufer für das gesamte Ensemble war. Noch Jahre später, ungefragt und immer wieder, erzählt Vater der Verwandtschaft aus Hannover, wie er den Preis für das Haus heruntergehandelt hatte, wie er das vorsätzlich ruinierte Parkett durch litauische Arbeiter hat ersetzen lassen und das mit roter Farbe an eine Wand des Vestibüls geschriebene Wort *Imperialistenschweine* übertünchen ließ. Nie allerdings gibt er davon Bericht, dass sich die Buchstaben schon nach Tagen wieder durch das Weiß drückten und würde kein Schrank davorstehen, auch heute noch zu sehen wären. Er erzählt auch nichts von dem Balken auf dem Speicher, an dem der vermeidliche Vorbesitzer versucht hatte, sein Dasein in die Hand einer stillen Macht zu übertragen und von den Nachbarn, die erst zu unseren Freunden wurden, als sie erfahren hatten, dass Vater zum Stadtrat berufen wurde und als solcher unter anderem für neue Gehsteige und die damit verbundene Rechnungslegung an die Grundstückseigentümer zu sorgen hatte.

Mit einem Tengelmann-Beutel voller Münzen, auf deren Rückseite einer von fünf Bundespräsidenten abgebildet war und in einigen Fällen ein Adler, stand ich vor einem Bus mit Bielefelder Kennzeichen und brachte kein Wort heraus, als es angemessen schien, einen Dank zu sprechen. Meine in Anlehnung an Goethes Farbkreis passend zur grünen Jacke arrangierte Hose in Blau, färbte sich in der Mitte dunkel. Ich pinkelte mir ab sofort wieder ein, nachts, tagsüber, die ganze Zeit. Im Nachhinein ist es einfach, die Gründe dafür im Elternhaus zu suchen, aber weder schlug mich meine Mutter noch war mein Vater ein Despot. Ganz im Gegenteil, er ließ mich machen, wonach mir der Sinn stand, fragte nie nach Zensuren und gab mir einen Zehner, wenn ich einen Fünfer wollte. Vater hatte Jura studiert in Marburg und in Kiel über ein Thema zur Verwertung von Patenten promoviert. Er spricht fließend Französisch, ausreichend Spanisch und nach einem Sprachkurs an der Hochschule ein wenig Finnisch. Meine Mutter, die mit einer Freundin zur Erdbeerernte nach Ylikiiminki wollte, saß zufällig im gleichen Kurs, was zu meiner Schwester Angelika führte, die im Gegensatz zu mir, immer zu den Jahrgangsbesten gehörte.

Einer der Busreisenden versuchte die durch Weißwein in Plastikbechern erzeugte Stimmung zu retten, indem er den anderen gegenüber behauptete, dass die Kinder im Osten repressiv erzogen wurden. Schweigen und Gehorsam und Einpinkeln. Wider Erwarten lachte niemand über den kleinen Scherz. Stattdessen verstärkte sich der Ausdruck von Betroffenheit in den Gesichtern der Umstehenden, die noch schnell einige Fotos machten, um den Daheimgebliebenen zeigen zu können, was für unhaltbare Zustände im Osten herrschten. Inkontinente Kinder in Lumpen und so was in Deutschland.

Tante Kerstin, die Schwester meiner Mutter, erfuhr von all dem nichts. Ohnehin hatte sie uns vor der Fahrt in die Zone gewarnt. Die Geschichte hätte es oft genug gezeigt. Die Memeldeutschen, die Ostpreußen, die durch Stalin Vertriebenen, die Sudeten. Wer könne Garantie dafür geben, dass es uns anders ergehen würde, wer könne wissen, ob es nicht noch irgendwo bei Schwerin geheime Internierungslager gäbe, von den toxischen Belastungen durch die desolate Industrie einmal abgesehen, der Nähe zu Tschernobyl, den ausschließlich asbestverseuchten Gebäuden, den Kohleöfen und Zweitaktabgasen. Dass die Russen die Ostdeutschen zu einem Abbild ihres eigenen Barbarentums assimiliert hatten, stand für sie spätestens außer Frage, nachdem im *Spiegel* die Geschichte der ersten Mauertoten publiziert wurde. Junge Idealisten, wie Tante Kerstin sagte, die man in Stacheldraht gewickelt zwischen Minen und Selbstschussanlagen bei schönstem Sonnenschein verbluten ließ. Für sie als alte Hannoveraner Kommunardin gab es keine Zweifel, dass der Osten keinen Raum zum Leben bietet und bestenfalls und wenn überhaupt, das zentralistische Bildungssystem eine Überlegung wert sei.

Das Erste was ich sehe, wenn ich an meine postsozialistische Schullaufbahn denken muss, ist das faltige Gesicht des Mathematiklehrers Lustermann, der auch neunzehnhunderteinundneunzig noch darauf bestand, dass die Klasse sich bei seinem Betreten des Raumes erhebt und dass einer der Schüler ihm die Vollzähligkeit des Auditoriums meldet. Kaum ein Jahr später wurde der Lehrer Lustermann, wie auch eine nicht unerhebliche Anzahl seiner Kollegen, im Rahmen der Entstasifizierung aus dem Alltag der Schulen und Hochschulen des Landes getilgt. Das Ministerium hatte sich entschlossen, lieber gar keinen, als ideologisch gefärbten Unterricht zuzulassen. Also fiel der Unterricht aus, was aber nicht weiter schlimm war, jetzt wo immer mehr Reisegruppen die Stadt besuchten und ich den Kleidungsstil der Mutter meines Vaters, zumindest rein finanziell gesehen, schätzen gelernt hatte. Der Aufschwung war bei mir angekommen und hielt die gesamte sechste Klasse an, die siebente und auch die Hälfte der achten, solange bis jemand auf die Idee kam, Kapazitäten aus der alten Heimat abzurufen. Eine Frau Schorn aus Uelzen, die ein halbes Jahr blieb und den Motorradfahrer und Volontär Krassowski, der eigentlich Lehramt für Haupt- und Realschule studiert hatte und nun den Englischunterricht und Deutsch am renommiertesten Gymnasium der Stadt hielt.
Wie viele der Zugereisten, begriff auch mein Vater die einma-

lige historische Chance, eine ganz neue Gesellschaft zu schaffen und so war es eine seiner ersten Amtshandlungen, die Umbenennung von Straßen zu veranlassen. Aus der Friedrich Engels Straße wurde die Friedrich Ebert, aus der Otto Grotewohl die Ludwig Erhard. Der Platz vor dem Bahnhof, der früher Platz vor dem Bahnhof hieß und dann nach Adolf Hitler und später nach dem Kommunisten Thälmann benannt war, wurde dem großen Förderer der deutschen Wiedervereinigung zu Ehre, zum Konrad-Adenauer-Platz. Die Bevölkerung nahm kaum Anteil an derartigen Bemühungen. Viel interessanter für sie waren die vor den Schildern der Stadt auf ehemaligen Ackerflächen der landwirtschaftlichen Produktionsgenossenschaft 7. Oktober eröffneten Zeltbauten, in deren Inneren es weiße Schokolade zu kaufen gab und weiches Toilettenpapier, Dinge die noch Jahre zuvor Legenden waren, hinter vorgehaltener Hand flüsternd weitergereicht von einer überschaubaren Anzahl westreisender Rentner.

Rückblickend könnte man sagen, dass es eine seltene Form von Anarchie war, die das Land erfasst hatte und damit verbunden alles, was sich in Geldwert beziffern ließ, insbesondere zu liquidierende Betriebe und Grundstücke in der Innenstadt, aber auch die Schulen, in deren Klassen neue Unterrichtsformen ausprobiert wurden, deren Bandbreite von totalem Gehorsam zu einem in einer Ecke des Raumes stehenden Sofa reichte, auf dem sich die Konzentrationsschwachen einrichteten, die heranwachsenden Leistungsempfänger, die man Jahre später auf sogenannten neuen Montagsdemonstrationen sah, auf denen sie das ungenaue Bild einer immer weiter auseinanderklaffenden Schere bemühten.
Aus der Anarchie der Nachwendejahre entwickelte sich bald eine Phase gesamtdeutscher Aufklärung, in der den Ostdeutschen aufgezeigt werden konnte, wie sehr sie jahrzehntelang missbraucht wurden. Das Subjekt dieser Aufklärung, war das Experiment Moskauer Exilanten, die ab Ende der vierziger Jahre eine neue Ordnung in der Ostzone zu etablieren versuchten. Die Führung dieser neuen Ordnung, sollte sich aus den Schichten der Arbeiterklasse zusammensetzen.
Nach dem Abitur, später auch im Studium, als selbst die Möglichkeit eines Dispositionskredits keine Abhilfe mehr versprach

und ich deshalb in den Ferien arbeiten gehen musste, hatte ich Gelegenheit, das Proletariat ganz persönlich kennen zu lernen. Nach all dem, was ich dabei auf den Baustellen der Republik zu sehen bekam und in der Leergutannahme des Penny-Marktes, musste ich zu dem betrüblichen Ergebnis kommen, dass das Experiment Sozialismus zu Recht gescheitert ist und dass mit der bei der Arbeit angetroffenen Sorte Mensch vielleicht ein Angriffskrieg möglich ist, eine Änderung gesellschaftlicher Verhältnisse, wie es Teile der Verwandtschaft aus Hannover immer noch fordern, keineswegs.

Meine Mutter, eine diplomierte, in Wuppertal aufgewachsene Theaterpädagogin, sah das ganz anders. Durch einen Kontakt meines Vaters hatte sie einen Posten in der Außenstelle der Gedenkstätte für die Opfer der DDR-Diktatur erhalten und beinahe schien es, als würden sich die Befürchtungen von Tante Kerstin bewahrheiten. Du kannst es dir nicht vorstellen, mit diesen Worten begannen viele Sätze meiner Mutter, deren beruflicher Ehrgeiz bald dazu führte, dass sie zur Leiterin der Außenstelle wurde, personalverantwortlich für sieben Mitarbeiter, von denen vier selber Betroffene staatlicher Repression waren und nun Führungen abhielten, bei denen die Besucher, die eher aus den Vereinigten Staaten kamen als aus Bielefeld, mit Anekdoten versorgt wurden, die den Fakten ihr Gesicht gaben und nicht selten ein Gefühl der Beklemmung hinterließen. Heute mussten wir eine Frau mit dem Rettungshubschrauber abtransportieren lassen, erzählte Mutter dann, heute bekam ein Mann ein Herzinfarkt, heute trafen sich alte Häftlinge wieder, heute war das Fernsehen da, du kannst es dir nicht vorstellen. Anders als bei meiner großen Schwester, deren Gnade der frühen Geburt dafür Sorge getragen hatte, dass sie nicht mit in den Osten ziehen musste, endete mein Geschichtsunterricht nicht mit der ersten Kapitulation Deutschlands, sondern mit der darauf folgenden zwischen Elbe und Oder. Ich erfuhr alles über den Spitzbart Ulbricht, Mielke, den Polizistenmörder, und die fiesen Aktionen des Ministeriums für Staatssicherheit, welches im großen Stil Sennheiser-Mikrofone eingekauft hatte und Geräte von Siemens, wie der Geschichtslehrer Thiel ausdrücklich betonte. Mit Thiel gingen wir auch zu meiner Mutter in die Stasigedenkstätte, in der jedem von uns Schriften der Bundeszentrale für politische Verblendung überreicht wurden. Weil ich das meiste davon schon aus den Gesprächen am Küchentisch kannte, schloss ich mich auf eine der ehemaligen Wärtertoiletten ein, um eine Pfeife zu schmauchen und dann noch einer. Ich war fünfzehn und hatte endlich mit dem Rauchen angefangen, die konsequenteste und beste Entscheidung, die ich je getroffen hatte.

Flora Basten rauchte seit ihrem elften Lebensjahr. Überhaupt war sie mir in allen wichtigen Dingen voraus. Anders als die Reisegruppen erkannte sie sofort, dass ich nicht aus dem Osten komme. An deinen Ohren, sagte sie, als ich sie fragte. Ob die Demagogin aus der Gedenkstätte meine Mutter sei, ich bejahte, ob der Stadtrat mein Vater sei, ich traute mich gar nichts mehr zu sagen. Einen schönen Vater hast du, du solltest mal Zeitung lesen, dann würdest du erfahren, wie *bourgeois* dieser zu uns spricht. Außerdem will er unser Jugendtheater schließen und sich von dem Geld einen neuen Mercedes kaufen. Wir fahren nur BMW, sagte ich ihr und dass ich Theater noch nie leiden konnte. Zwei Tage später küssten wir uns das erste Mal.

Ihre Eltern waren da gerade auf den Seychellen. Vor der friedlichen Revolution fuhr Familie Basten immer nach Prerow zum Strand, an dem alle Ostdeutschen nackend herumrennen mussten, um dieses Jahre später als Freiheit bezeichnen zu können. Ein glatter Euphemismus, genau wie ihre paramilitärischen Übungen, die sie Strandolympiade nannten. Du hast ja keine Ahnung, sagte Flora. Parteisekretäre, die nackend Fahrrad fuhren oder Tischtennis spielten, Barockideale, die ihre schweren Brüste jedermann präsentierten, so wie die Nationale Volksarmee ihre Raketenwerfer am ersten Mai in Ostberlin. Manchmal ist es gut, in einem Staat geboren zu werden, in dem die Frage, ob Playmobil besser ist oder Lego, von größerer Bedeutung ist, als die nach der Perspektive. Ich war nie besonders ehrgeizig gewesen. Wenn wir in der Schule Volleyball spielen mussten, dann interessierte ich mich mehr dafür, ob meine Mitschülerinnen gerade ihre monatliche Blutung haben und wie sich das anfühlt: Verbluten, als dafür, ob wir gewinnen oder die anderen. Meistens gewannen die anderen, weshalb ich bald Auswechselspieler wurde und irgendwann überhaupt nicht mehr kam. Stattdessen fuhr Flora mit mir und ihrem Moped zum Strand. Ich hielt mich dabei immer an ihren Hüften fest, drückte mich an ihren Rücken, auch noch, als wir auf ihrem gelben Badehandtuch lagen. Lass das, sagte sie. Einmal wunderte sich mein Vater über meine Hautfarbe. Ich sähe aus wie ein Maurerpolier. Meine Mutter bekam ich kaum noch zu Gesicht, seitdem sie angefangen hatte, Gespräche mit den einstigen Tätern zu führen. Interessant wurde es, wenn sich Reisegruppen an den Strand verliefen, wie in direkter Nachwendezeit zumeist Pensionäre in bonbonfarbener Kleidung und mit beigefarbenen Schuhen, an denen eine Kordel hing. Flora ging dann nackt, wie sie war, an das Ufer, stellte sich mitten in die Gruppe, zeigte auf das Meer und gab zu Protokoll, dass Grenzsoldaten sie dort vorne bei der orangen Boje am hellerlichten Tag beschossen hatten, als sie auf ihrer Luftmatratze arglos im Wasser trieb und dass sie sofort nach Bautzen deportiert wurde, wo es einen eigenen Zellentrakt für minderjährige Dissidenten gab, denen man regelmäßig Salz in die Bettwäsche streute.

Du kannst es dir nicht vorstellen, sagte meine Mutter, als sie erfahren hatte, dass der frühere Leiter der Stasizweigstelle heute der größte Immobilienbesitzer der Stadt war. Du kannst es dir nicht vorstellen, wie diese Leute schon kurz nach der Wende auf beide Beine gefallen sind. Dabei konnte ich sehr gut, kannte ich doch den ehemaligen Genossen Leiter persönlich, aß sogar an seinem Tisch zu Abend und gratulierte ihm zum Geburtstag. Dr. Basten hatte wie mein Vater Jura studiert, er fuhr das gleiche Fabrikat, er bevorzugte die gleiche blauweiße Fußballmannschaft. Das alles könnte Zufall sein. Die entscheidende Parallele jedoch ist, dass Dr. Basten es geschafft hatte, zur neuen Elite der Stadt zu gehören, ein Fakt, dem auch ein Artikel meiner Mutter, veröffentlicht auf Seite drei des Lokalteils mit Foto, nichts anhaben konnte.

Einzig ich war danach nicht mehr gerne gesehen. Der Spion aus dem Westen in unserem Haus. Zum Abitur bekam ich von Mutter einen Kuss, von Vater Führerschein und Fahrzeugschlüssel. Ich verkaufte den Wagen vierzehn Tage später und weit unter Wert. Von dem Geld zog ich in meine erste eigene Wohnung, genau genommen: in unsere erste Wohnung. Ein konspirativer Ort mit zwei Kammern unter dem Dach, einer Birke vor dem Fenster und Flora, die nicht wie alle anderen sofort nach der Schule in den Westen ging, sondern erst ein Jahr später, als sie einen gewissen Gianni kennen gelernt hatte, der in Wirklichkeit Jan hieß und lange blonde Haare trug, genau wie sie.

Anne Köhler
Land gewinnen

Heute ist die Seeluft in der Stadt unterwegs. Man spürt sofort, wenn der Wind vom Meer weht, er trägt einen ganz eigenen Geruch mit sich, fasst den Menschen im Vorübergehen ins Haar und jagt gleichzeitig oben die Wolken über den Himmel, zu schnell, als dass sich Figuren oder Formationen erkennen ließen. Doch sobald ich die Küche betrete und sich die Tür in meinem Rücken schließt, lasse ich den Tag hinter mir. Stattdessen Neonlicht, zu dieser Jahreszeit ist der Kontrast zwischen beiden schon am Nachmittag so groß, dass für die ersten Sekunden alles überblendet ist.

Louis, der Sous-Chef, hat eine neue Trophäe an das obere Gestänge seiner Station gehängt: neben den kleinen Sieben, Schneebesen und Schöpfkellen, dem Schweinefuß und den Gänsefüßchen hängen nun zwei Hasenohren, die an der Spitze wie dünnes Pergamentpapier aussehen, in einem ist noch die gelbe Plastikplakette eingestanzt. Noch sind die Bon-Spicker auf der Metalltheke leer. Eine Teilschicht liegt heute schon hinter mir, wie bei den meisten von uns, von morgens bis nach dem Mittagsgeschäft – danach ist eine Pause vorgesehen, für die es allerdings nicht immer reicht, oft arbeiten wir durch. Heute war immerhin Zeit für eine Stunde Luft und winterliches Tageslicht bei einem Kaffee im japanischen Garten. Dort suche ich immer dieselbe Bank, von der aus man das Teehaus sehen kann, um das herum sich niedrige Fischteiche ziehen. Auf dem breiten Holzsteg vor dem Teehaus liegen manchmal Kinder flach auf den Planken, das Gesicht dicht über der Wasseroberfläche, um die Goldfische im Becken zu betrachten. Die meisten von ihnen lassen die Arme nach unten hängen, sodass sie die Hände ins Wasser tauchen können und es aussieht, als griffen sie nach sich selbst, wodurch sich ihr Spiegelbild in einem fort in Wellen verzieht und sich anschließend wieder neu zusammenfügt. Wenn längere Zeit kein Fisch aus der Nähe zu sehen ist, kann es vorkommen, dass sie mit den flachen

Händen auf die Wasseroberfläche schlagen und ihr Gesicht in tausend Stücke zerspringt.

Doch im Winter geschieht das seltener, die Kindergesichter sind gerötet aber ohne Sprünge, ihr Lachen klirrt durch die Luft und sie stoßen Rauchwolken dabei aus, die man einfangen möchte, bald werden sie ihre Fußspuren im Schnee hinterlassen, welchen man folgen könnte, hätte man nur genügend Zeit. Ich aber muss immer zu früh wieder in die Küche, ins Neonlicht, kaum flaut das Mittagsgeschäft ab geht es schon mit den Vorbereitungen für den Abendbetrieb los. Es ist der letzte Tag meiner Arbeitswoche, ausnahmsweise habe ich Samstag und Sonntag hintereinander frei, das kommt selten vor. Während hier in der Küche nur einzelne Minuten bis auf Null gezählt werden, spielt an solchen freien Tagen plötzlich die Uhrzeit wieder eine Rolle, kann ich sogar die Veränderungen des Tageslichts beobachten, wie es langsam von einer Seite des Bettes auf die andere wandert, über mich hinweg, wenn ich darüber nicht einschlafe. Doch daran ist im Moment noch nicht zu denken.

Die Tellerwärmeplatte läuft bereits, ein kaum hörbares, tieftoniges Surren, später werden auch die Wärmelampen angeschaltet werden, damit die Speisen beim Anrichten nicht an Temperatur verlieren. In der Umkleide streife ich die letzten Reste des Tages ab, die Straßenschuhe, die komplette Kleidung wird gewechselt, die Mütze auf, die Schürze umgebunden, das Handtuch an der Seite festgemacht und dann wieder zurück ins künstliche Licht. Heute arbeite ich am Induktionsherd, am Platz neben Louis, der den Ansager macht. In der Pâtisserie ist die Arbeit bereits in vollem Gange, es dampft, riecht nach Teig, Schokolade, Karamell, Gewürzen, der Duft dringt durch die dazwischenliegende Spülstation für Töpfe und Pfannen bis zu uns in die Hauptküche. Jeder richtet seinen Posten her, ich kontrolliere meine Vorräte, hauptsächlich Loup de Mer, Saibling, Heilbutt, Tintenfisch, auf Louis' Seite: Gänsestopfleber, Bison, Kalb und Lamm. Die Jungs von den Beilagen arbeiten mir und Louis gegenüber, sie sind für viele der Saucen zuständig, für den gebratenen Radicchio, die Pfifferlinge und Steinpilze, das Risotto. Wir bilden ein Quartett um den Herd. Dicht daneben schließt der Bereich an für die Zwischengänge, die Meeresfrüchte und die Kalte Küche, sie haben am meisten vorzubereiten, Fenchel zu hobeln, Zitrusfrüchte zu filetieren und Hummerpanzer zu knacken. Jedes Gericht besteht aus verschiedenen Bausteinen, und jeder Baustein ist einer bestimmten Person zugeteilt. Zusammen mit dem Anrichter sind wir heute Abend zu siebt in diesem Areal.

Der Tonfall wird ruppiger im Laufe des Abends. Bei meinen ersten Schichten haben die anderen mich noch verlegen angesehen, wenn jemand einen derben Witz gemacht hat, mittlerweile sind sie dazu übergegangen, mich wie einen von ihnen zu behandeln und zu ignorieren, dass ich eine Frau bin, das spielt keine Rolle mehr: Zuerst die Kellner mit den Brotkörben, noch in gemäßigtem Schritt-Tempo, zahlreiche Amuse-Gueule werden vorbeigetragen, schließlich beginnt unser Einsatz, einer der Kellner mit dem ersten Bon für das Quartett. Louis brüllt laut: »Zweimal Allerlei, einmal Dreierlei, ein Bison, zweimal Loup!«, wir rufen zurück: »Jawohl!«, und fangen mit dem Portionieren für die Pfannen an, dann endlich das erste Zischen von Flüssigkeit in heißem Fett. »Pass auf, dass die Sahne nicht karamellisiert!«, dringt es zwischen unseren Armen hindurch an den Herd, Metall schlittert über Metall, Fett spritzt, es klappert und zischt, die Griffe von Pfannen und Töpfen liegen warm in der Hand, währenddessen kommen jetzt ununterbrochen neue Bestellungen rein. Louis' Stimme, durchdringend: »Abgerufen: drei Saibling ...« – was folgt, ist nicht an mich gerichtet, sortiere ich aus, meine Bestätigung für den Fisch kommt laut und automatisch, im Kopf fängt es an, vorauszuplanen und zu strukturieren, Mis en Place, Butterschmalz links, Fischfond rechts, Rosmarin, Knoblauch, Fenchelsamen, Salz und Pfeffer in Schälchen, nur mit den Fingern kann man richtig dosieren. Die Abstände, in denen die Kellnerklingel geschlagen wird, werden kürzer, der Klang energischer. Zunächst ist es noch ein An- und Abschwellen, dann wird das Tempo konstant angezogen, Louis findet immer seltener Zeit, sein eigenes Spiegelbild in einer der Messerklingen zu betrachten. Wenn der Chef die Küche betritt, erhöht sich die Geschwindigkeit noch einmal automatisch, selbst beim Atmen, Gesangfetzen dringen aus der Spülküche nach oben, Englisch, Französisch, Italienisch, Deutsch, dazu konträres Summen, wie beim Stimmen der Instrumente in einem Orchestergraben finden die Geräusche zueinander, die Frequenz steigt an die Grenze: die Ansagen, Abfragen, die klaren »Jawohl«, bedeutsame halbe Minuten, die Glocke, die Messingklingel, die Wecker – bald hat die Metalltheke ihre kühle Frische verloren und wir stehen nur noch im Dampf und im Licht, werden von allen Gerüchen bis auf die Haut durchdrungen.

Zwischendurch muss ich beim Anrichten einspringen: klingeln, dann fliegen die Töpfe und Pfannen an die Theke, die Griffe jetzt ohne Tuch kaum noch anzufassen, erst die heißen Teller, von oben die Wärmelampen wie temperiertes Flimmern auf der Haut, die Steinpilze, sautiert und kreisförmig, die Schalottenvinaigrette, dunkelrot, sechs über Kreuz gestapelte Pommes Frites, drei oben, drei unten (»Gruppensex!«, findet Louis noch Zeit zu rufen), in die Mitte den Fisch, der nächste Teller: eine Linie aus Maisgemüse, links ein Polentacrostini, rechts zwei Zylinder vom Bison, dazu die Sauce mit Honig, Majoran und Butter – der Fisch für die Dame, der Bison für den Herrn, Tisch zwölf. Das ist der Tisch in der Nische, den würde ich mir auch aussuchen. Die beiden haben nur je eine Suppe und einen Hauptgang bestellt, als der Bon reingekommen ist, gab es von allen Seiten das »Jawohl« in Moll, denn daran werden sie nicht viel Freude haben, man wird davon nicht satt, man isst hier besser mindestens fünf Gänge bis zur Zufriedenheit – dann ist sie allerdings auch vollkommen. »Kompliment an die Schalottenbutter – und das waren Franzosen!«, ruft der Chef mit zwei leeren Tellern in den Händen, alles spricht für einen guten Abend, die Stimmlagen meist in Dur. Louis verbeugt sich, nimmt die beiden Gänsefüßchen vom Metallgestänge in die Hände und sagt: »Comme il faut«, dazu schwingt er die Füßchen wie imaginäre Anführungszeichen auf und ab durch die Luft.

Wie von Zauberhand werden die benutzten Töpfe und Pfannen immer wieder sauber, die Spüler wuseln wie die Heinzelmännchen zwischen den verschiedenen Bereichen hin und her, manchmal sind sie für das Auge zu schnell. Wenn es kurze Verschnaufpausen gibt, lehnen sich alle aus unserem Quartett an die Eisentheke zurück, mit verschränkten Armen. Die Themen wechseln, ohne ins Strauchen zu geraten, von Brustbehaarung über Gänsestopfleber und der Frage, ob man eigentlich auch Milch klären kann – vielleicht erhält man dann Molke und Frischkäse? –, bis hin zu Louis' Erlebnissen seines freien Abends tags zuvor, einiges davon blende ich aus, will ich gar nicht so genau wissen. Obwohl Louis der Einzige ist, den ich auch außerhalb der Arbeitszeit treffe, und mit anderen Menschen kommt man zeitlich einfach nicht zusammen wenn man in einer Restaurantküche arbeitet. Begegnete man Louis auf der Straße, würde man ihn wohl eher einem Tätowierstudio statt einem Sterne-Restaurant zuordnen.

Taucht während dieser Gespräche ein Kellner auf und sagt an, dass es an einem Tisch weitergehen kann, er den nächsten Gang abruft, geraten wir alle ohne Verzögerung wieder in Bewegung. Von einem Tanz unterscheidet sich das kaum, wir richten uns nach dem Gehör, filtern die wichtigen aus den unwichtigen Geräuschen heraus, trennen Zischen von Klingeln von Rufen von Minutenansagen, das Klappern der Kellnerschritte wie ein Metronom, das den Takt angibt. Während es bei uns irgendwann allmählich abebbt und das Zischen verklingt, die Bons auf dem Spicker anwachsen und am Ansagerposten schwinden, haben die Kellner immer noch zu laufen, runter in die Pâtisserie und wieder zurück, die Dessertbestellungen sind dran, und wir können uns langsam ans Aufräumen und Reinigen machen, wir bilden Ketten zum Kühlraum und der Spüle und den Mülltonnen, jetzt alle mit einem Glas Bier oder Wein oder Wasser, Hauptsache kühl.

Kurz stehen wir alle beieinander ohne uns zu bewegen. Jetzt ist Zeit für Vorschläge zu neuen Gerichten, für Fragen über geklärte Milch, für Experimente – der Chef schwenkt schon einen Topf Milch über dem Herd und fängt an, Eiweiß mit einem Teigschaber hineinzurühren, Louis schöpft ab und zu einen Teelöffel Flüssigkeit heraus und hält ihn neben einen Löffel Milch, sie beugen sich darüber und vergleichen die Transparenz. »Kannst du dir über das Reh Gedanken machen?«, fragt der Chef, und mit einem eindringlichen Blick in meine Augen setzt er hinzu: »Aber nicht zu viele Nelken!« Wir haben darüber bisher nur am Rande gesprochen, nächsten Monat soll das Reh mit auf die Dezemberkarte, er erwartet einen Vorschlag von mir für die Beilagen und die Geometrie auf dem Teller.

Am Ende schaffe ich es nicht einmal mehr aus den Schuhen, Beine und Füße fühlen sich fremd an, ich schlüpfe in meinen Kochsachen in den Mantel und gehe nach draußen. Dunkelheit, Kälte und Stille sind wie eine Wand, daran kann ich mich nie gewöhnen, das plötzliche Ausbleiben der Hitze, des Lichtes und der Geräuschkulisse hinterlässt jedes Mal ein Fiepen in meinem Kopf, irgendwo weit hinten, zwischen den Weisheitszähnen und den Ohren. Ich werfe noch einen letzten Blick durch das Restaurantfenster in den Gastraum: wie sie da noch sitzen bei gedimmtem Kerzenlicht mit ihren Getränken, romantisch und entspannt, der ein oder andere mit Zigarre an der Bar, bei einem Digestif – Armagnac, Cognac, Grappa sicher schweben die Stimmen dort leise durch die Luft.

Das Paar in der Nische vorne links kenne ich bereits. Zwei Hände haben sie auf der Tischplatte übereinander gelegt, beinahe synchron nehmen sie den jeweils letzten Schluck aus ihren Gläsern. Sie haben keinen festen Termin für ihr Essen bei uns, keinen feierlichen Anlass, der sie aus reiner Gewohnheit hier herführt, was mich rührt. Selbst die sehr überschaubaren zwei Gänge können ihr Glück offensichtlich nicht trüben, sie scheinen sich darin einzugraben wie jetzt in ihre Mäntel, von denen sie sogar die Krägen nach oben schlagen, als dürfe nichts entweichen.

Kurz schwappt das Wohlbehagen aus dem Gastraum mit auf die Straße, als die beiden die Tür öffnen und das Restaurant verlassen, und verebbt auf dem Asphalt vor meinen Füßen. Die Schuhe der Frau klappern, ich höre leises Lachen durch den dicken Stoff ihres Kragens dringen, wo es vor der Kälte geschützt bleibt. Die beiden sind schnell zu Fuß, in ausgeruhtem Zustand würde ich wahrscheinlich mit ihnen Schritt halten können, mit meinen rutschfesten Sohlen, aber noch immer scheinen Beine und Füße mir nicht zu gehorchen, und so falle ich schnell hinter ihnen zurück, sie sind immer weniger von der Dunkelheit zu unterscheiden und entwischen mir schließlich, das Klappern der Schuhe verklingt irgendwo in der Ferne. Einen Moment wünschte ich, einen Faden an ihnen befestigt zu haben, dessen anderes Ende ich jetzt in der Hand halten könnte.

Ich bin von oben bis unten getränkt mit Hitze und Gerüchen und Licht, man muss mich jetzt schon von weither sehen können, ich muss von Innen heraus glimmen, Schritt für Schritt dringt die Nacht in mich hinein und trägt nur sehr langsam die Gerüche und die Helligkeit, die mir anhaften, davon.

(...)

Svealena Kutschke
Rückspiegel

Wenn ich lange schweige, weiß Jan nicht mehr, wo ich bin. Ich atme leise und gehe barfuß.

Im Rückspiegel schlug der Schwanz der Katze auf den Asphalt, die Morgensonne tauchte die Straßen in ein scharfes Licht. Der Kopf lag verdreht, aber der Schwanz hieb auf den Asphalt wie ein abgelöstes Wesen, das nichts vom Sterben verstand, als ich meine Nägel in Jans Arm grub: »Du musst umdrehen.«
    Wir waren auf dem Weg in unsere erste gemeinsame Wohnung. Als ich am Abend allein die Tür aufschloss, standen unsere Möbel und Kisten ineinander verkantet. Ich räumte nichts aus, ich lag tagelang unter Jans Flügel und trank, und als ich unsere Namen an das Klingelschild klebte, wusste ich einiges, alles andere war noch nicht sicher. Wenn ich nicht unter dem Flügel lag und trank, stand ich auf dem Linoleum vor Jans Tür, die Schwestern liefen an mir vorbei, nahmen mich bald nicht mehr wahr, ich hatte den Geruch des Krankenhauses angenommen, die Farbe der Wände. In den ersten Tagen hatten sie mich nicht zu ihm gelassen, ohne zu ahnen, dass sie mich von nichts abhalten mussten. Auch nach zwei Wochen hätte ich nicht sagen können, welche Farbe Jans Tür hatte, nur dass sie roch, wusste ich. Einen Tag bevor er entlassen wurde, baute ich das Bett auf. Als Jan kam, stand ich hinter der Tür unter einer nackten Glühbirne und hörte den Schlüssel suchend über das Schloss kratzen. Mörtel klebte mir an den Sohlen. Das Schloss knackte, als würde es zerbrechen. Er blieb auf der Schwelle stehen und sah mich nicht, aber ich sah ihn.
    Ich schloss die Augen und richtete mein Gesicht auf Jan.
    »Mona?« Seine Stimme war hoch. Ich nahm einen Schluck aus der Flasche und schwieg. Er fragte nicht, warum ich ihn weder besucht noch abgeholt hatte.
    »Du musst nicht mehr mit mir zusammenleben, Mona, wenn du nicht willst.«

Ich hörte eine Diele knarren. Jan setzte einen Fuß über die Schwelle. Vorsichtig. Nicht aus Angst zu fallen, sondern aus Angst, ich könnte ihn hindern.

»Wenn ich einmal alt werde und mir alle Zähne ausfallen, was würdest du dann tun?«, hatte ich einmal gefragt. Jan hatte mir mit den Fingerspitzen über die Augen gestrichen. »Ich würde unser Geschirr wegwerfen und dreißig verschiedene Schnabeltassen kaufen.«

Jetzt stand er in der offenen Tür, die Hand gegen den Rahmen gestützt.

»Hast du schon alles eingerichtet, Mona?«

»Ja«, sagte ich, drückte mich gegen die Wand und sah zu, wie Jan gegen die Kisten stolperte.

»Nein«, sagte ich, löschte das Licht und zog ihn unter den Flügel.

»Es macht doch gar nichts, eigentlich«, sagte Jan irgendwann später, ich lag unter dem Flügel und trank, er saß auf dem Klavierhocker. Er hatte seine Straßenschuhe an, als wäre er zu Besuch. »Ich bin Musiker, da brauche ich nur meine Ohren.«

Wenn ich lange schweige, weiß Jan nicht mehr, wo ich bin. Ich atme leise und gehe barfuß.

»Mona?«, fragt Jan und hält sein Weinglas mit beiden Händen fest wie eine Kaffeetasse, der Rand stößt an die Oberlippe. Er korrigiert sich und trinkt. Die Katze schlägt mit dem Schwanz auf den Asphalt. »Du musst umkehren«, hatte ich geschrien. »Was sollen wir denn noch tun?«, hatte Jan gerufen. Seine Stimme war hoch vor Angst. Plötzlich konnte ich ihn nicht mehr berühren. Nur das Steuer konnte ich berühren. Ich schaute nicht auf die Straße, ich drehte mich um und richtete mich an der Katze aus, während ich ins Steuer griff.

Ich schließe die Augen und ziehe mich aus. Ich weiß, dass Jan mich hört. Die Zähne des Reißverschlusses, die Hose, die zu Boden fällt wie ein leichtes Ausatmen. Das Aufknöpfen meines Hemdes, ein Geräusch, das eigentlich keines ist, aber trotzdem Ringe schlägt, wie Steine auf einer Wasseroberfläche. Jan sitzt vor mir, ich weiß, er hat diesen konzentrierten Ausdruck, den er beim Spielen hat, nur liegt die Kontrolle dann bei ihm, auch wenn er mir sagt, er wüsste, dass er die Töne nie ganz erreichen könne, sie würden sich immer im letzten Moment entziehen, letztendlich bliebe er immer enttäuscht zurück. Er streckt die Hand nach mir aus, ich weiche zurück, bis ich über die leeren Flaschen stolpere, auf den Boden schlage.

Die Kisten tragen falsche Aufschriften. Es sind falsche Sachen drin. Ich weiß nicht mehr, welche. Ich ziehe bunte Kleider aus einer Kiste, was wäre dir lieber, Jan, Rot oder Grün, was steht mir besser heute? Jan findet den Weg ins Bad, in die Küche, aber die Küche brauchen wir nicht, wir bestellen Essen in Pappschachteln, Jan kleckert und ich lasse es liegen. Am besten geht es, wenn wir auf dem Boden liegen, ausgebreitet wie Seesterne. Ich ärgere mich, dass unsere Fingernägel nicht aufhören zu wachsen. Dass unsere Zähne weiterhin geputzt werden müssen, ist ein verdammtes Wunder. Jans Glas ist leer, ich schenke ihm nicht nach. Ich schaue ihm zu, wie er den Finger prüfend ins Glas hält, während er den Wein aus der Flasche gießt.

Ich lag neben Lars, als Jan mich angerufen hatte. Es war früher Morgen und an seiner Stimme hörte ich, dass er noch nicht geschlafen hatte, so wie ich. »In meiner Wohnung ist Schimmel, Mona, ich muss bald ausziehen.«

»Ist das ein Antrag?«

»Irgendwann müssen wir es doch tun.«

Ich hatte aufgelegt und mich zu Lars umgedreht. »Jan und ich ziehen zusammen.«

»Irgendwann müsst ihr es ja tun«, hatte Lars gesagt und meine Brüste umfasst. Ich packte seinen Hintern mit beiden Händen, schlug lachend meine Zähne in seine Brust mit dem grimmigen Hunger einer, die ein letztes Stück Schokoladentorte isst, bevor sie eine Diät beginnt, und war mir sicher, dass auch Jan nicht allein war.

Als Jan und ich den Mietvertrag unterschrieben, für fünf Jahre, lachten wir wie zwei, die etwas ganz Verwegenes tun. Als hätten wir uns zu einer Operation entschlossen. Als würde man uns miteinander vernähen und wir würden von nun an der einzig mögliche Raum füreinander sein. Ich wäre Jans Raum und Jan wäre meiner und dazwischen nur die verblassenden Narben. Als wäre es schon immer so gewesen.

Wir waren seit drei Jahren zusammen. Dass wir uns nicht treu waren, gab uns Sicherheit. Manchmal ging ich zu seinen Auftritten. Ich liebte es, wie die Falten seines weißen Hemdes sich auf seinem Rücken bewegten, wenn er spielte. Nach Auftritten küsste er mich so ungehalten, dass unsere Zähne zusammenschlugen, und die Töne lagen noch unter seiner Haut. Nach einem Auftritt hatte ich ihn auch zum ersten Mal gesehen. Er hatte an der Bar gestanden, ein Mädchen lehnte an seiner Brust, die Arme um seine Hüften geschlungen. Sie sah aus, als hätte jemand sie von einem Baum gepflückt und an ihn dran geheftet. Ich verliebte mich nicht in Jan, sondern in Jan, der ihre Finger in den Mund nahm, als wären sie allein.

Nachdem wir den Mietvertrag unterschrieben hatten, gingen wir zu Jan und waren zum ersten Mal befangen. Als könnten wir uns jetzt nur noch mit hochgekrempelten Ärmeln berühren. Als gäbe es einen Grundriss auf unseren Körpern und wir hätten die Räume noch nicht verteilt. Wir tranken Wodka direkt aus der Flasche, Jan setzte sich an den Flügel und spielte. Ich hockte mich darunter und beobachtete, wie seine nackten Zehen die Pedale traten.
»Ich seh dich nicht«, sagte Jan. »Aber ich weiß, du bist da.«
Später lagen wir auf dem Flügel, die Finger ineinander verschränkt, der Schimmel wucherte über die Decke. »Siehst du die Kassiopeia?« Ich drehte sein Hemd in der Hand und suchte Sternbilder im Schimmel.

»Du musst mich schon mal wieder ansehen«, sagt Jan.
»Es wäre nicht fair«, sage ich.
Ich versteh nicht, warum er schwankt. Man braucht keine Augen, um auf beiden Beinen stehen zu können.
Als er den Auslöser hört, richtet er sein Gesicht aus wie eine Kompassnadel und steht sicher. Ich schaue durch den Sucher in sein Gesicht, dieser tastende Ausdruck, derselbe Ausdruck, den er hatte, wenn ich erst am Morgen zu ihm kam und er mir im Halbschlaf sein Gesicht zuwandte.
Wir hatten uns auf der Straße gedreht wie auf Eis. In einer tiefen Stille. Der kristalline Regen der Windschutzscheibe. Als alles wieder zum Stehen kam, war die Katze im Rückspiegel verschwunden.

Ich stelle meine Kamera auf Selbstauslöser, alle 20 Sekunden ein Bild, dann gehe ich langsam auf Jan zu und lege ihm die Hände über die Augen. Er riecht nicht gut. Ich habe ihm keine Kleider zum Wechseln rausgesucht. Ich höre das Klicken des Auslösers. Bei jedem Klicken öffne ich kurz meine Augen. Jans schmale Lippen, die roten Bartstoppeln, Fragmente wie Töne aus einem Lied, das man nicht mehr erinnert. Die feinen Augenbrauen, die langen Wimpern. Wenn er noch einmal die Augen öffnete, ich würde meine Hände im Inneren seines Kopfes falten und dann könnte er mir vielleicht irgendwann verzeihen.

»Was machen wir mit unseren Geliebten, wenn wir so ehelich beisammenhausen«, hatte Jan gefragt, als wir in unsere Wohnung fuhren. Er hatte mich angesehen, seine Augen waren rot von Wodka und Müdigkeit und er grinste herausfordernd.

»Vielleicht sind wir einfach mal mutig und bleiben zu zweit«, sagte ich. Plötzlich sah Jan um Jahre jünger aus, als würde er auf einem Baum sitzen und fände nicht mehr hinunter. Der Himmel und die Bäume rückten um uns zusammen, die Luft im Auto war stickig und verbraucht. Nie würde unsere Wohnung größer werden als dieses Auto, in dem wir fast Schulter an Schulter und die Türen geschlossen, der Wind weit weg, und unsere Stimmen auf uns zurück. Jeder Satz schlug auf ewig zwischen den Türen.

»Okay«, hatte er gesagt. »Seien wir mutig.« Er kurbelte das Fenster hinunter, warf die Flasche auf die Straße wie einen Anker, der Wind biss uns in die Augen, nie wieder würde ich den Geruch einer anderen Frau mit meinem überdecken, unsere Gesichter würden stetig miteinander verwachsen. Wir schauten uns an, verstohlen, wie zwei, denen etwas peinlich ist, dann lachten wir so spöttisch, wie wir es gewohnt waren, als plötzlich die Sonne durch die Fenster schnitt, als sich ein Kaleidoskop auf der Scheibe drehte; wir brachen durch die Wolken und wurden ganz still angesichts der Bäume, die ihre Äste wie Scherenschnitte in den Himmel reckten, angesichts der Dächer, die sich unter dem Flug der Vögel bogen; wir lächelten, rissen die Arme hoch und fuhren direkt hinein in eine völlig wahnwitzige Gewissheit, als Jan die Katze überfuhr.

Jan steht nackt zwischen den Kisten. Er hat Prellungen am Oberkörper, ich habe keine Schramme davongetragen. Er legt mir beide Hände auf die Schultern. Als wäre ich ein Kind, das er führen möchte. Ich schließe die Augen und Jan geht los, bis ich mit dem Rücken gegen die Ecke des Schrankes stoße. Es tut weh. Aber es ist nur ein neuer blauer Fleck von vielen. Mittlerweile habe ich mehr blaue Flecken als Jan. Wir nennen das Tanzen. »Komm, lass uns tanzen.« Ich lege Musik auf, und dann schieben wir uns gegenseitig durch die Wohnung. Es sind immer die Kanten, an die Jan mich drückt.

Manchmal stelle ich mir vor, wir wären eingeschneit, das würde jedenfalls erklären, warum wir die Wohnung nie verlassen. Jans Agentin schickt einmal in der Woche Blumen, ich sage, sie seien von Lars. Wenn das Telefon klingelt, schließe ich mich im Badezimmer ein und wispere in den Hörer: »Jan schläft, er braucht im Moment viel Ruhe. Nein, danke, wir kommen klar.«

Ich weiß nicht, ob Jan mich durchschaut, es scheint ihm egal zu sein.

Einmal klingelt es tatsächlich an der Tür, es ist Lars. Als ich öffne, steht Jan hinter mir. Ich küsse Lars lautlos aber nicht hastig und schiebe ihn wieder in den Hausflur. »Wer war das?«, fragt Jan. »Die Post«, sage ich, aber stehe vor ihm mit leeren Händen. Jan greift meine Finger und dreht meine leeren Handflächen nach oben, legt sie an seine Wangen.

Ich lege meine Stirn an seine und atme den Geruch seiner Haare ein. Ich denke, an den Geruch der Tür zu seinem Krankenzimmer. Ein Geruch, der so viele Schichten hatte, dass er schon wieder neutral wirkte.

Ich trete einen Schritt zurück und plötzlich greift er nach mir, wie er früher nach mir gegriffen hat. Er greift nach mir, als könnte er mich sehen, und für einen Moment weiß ich wieder, wo mein Körper endet und seiner beginnt. Kurz bevor unsere Lippen sich berühren, halten wir inne. Ich weiß noch, wie es war, Jan zu küssen. Jan hebt den Arm, als wolle er mich schlagen, und ich lasse mich fallen.

»Warum hast du das Steuer rumgerissen?«, fragt er.
»Weil du zu feige dazu warst«, sage ich.

»Die Wohnung ist groß genug für uns beide«, sagt er und ich merke, dass ich deshalb die Schwelle seit Tagen nicht mehr übertreten habe, aus Furcht, ich würde nicht mehr zurückkommen.
Er setzt sich an den Flügel und spielt zögernd. Ich setze mich unter den Flügel und betrachte seine nackten Füße, wie sie die Pedale treten. Unser gemeinsamer Raum ist nicht größer als ein Auto.
»Ich seh dich nicht«, sagt Jan. »Aber ich weiß, du bist da.«

Alexander Langer
Farzner

Früh am Morgen ziehen Krähen die Gummierung zwischen den Fahrbahnplatten mit scharfen Schnäbeln aus ihrer Verleimung. Zumindest erzählen wir das unseren Kindern, denn jeder weiß: in Wirklichkeit picken sie die wenigen Körnchen aus dem Erbrochenen, das der alte Farzner jede Nacht auf der Straße verteilt, der alte Farzner, Nacht für Nacht unterwegs auf der Bundesstraße in Richtung Kreisstadt, unterwegs als fleischgewordenes Wunder, weil er als schlingernder, wankender Fußgänger noch von keinem der spät über die Kuppen sirrenden Kombis zu Brei gefahren wurde, weil er mit einem einzigen weißen Brötchen seinen Tag in zwei Hälften trennt und sonst nur Flüssiges zu sich nimmt. Und jede Nacht scheitert er an seinem Vorhaben, die Kreisstadt zu erreichen, wo sie eine Nachttankstelle haben und eine Automatenspielothek, an der Ausfallstraße gleich gegenüber der Deponie.

Anton fährt mit dem Pritschenwagen vor und ich steige zu ihm in die Fahrerkabine. Anton ist mein Cousin, wir sind hier alle mehr oder weniger miteinander verwandt, er hat dieselbe gebogene Nase wie ich, mit ihren dicken offen stehenden Poren, und heute Morgen ergeht er sich endlich wieder in dieser blödsinnigen Theorie über den alten Farzner, zum ersten Mal seit zwei Wochen redet er endlich wieder darüber, dass der alte Sack ein Dazugezogener sei und im Alter die Menschen, wie die Lachse, an den Ort ihrer Geburt zurückkehren müssen, dass sie von diesem Ort des Ursprungs angezogen würden. Ich freue mich über den Unfug und nehme meine gewohnte Rolle ein, sage: Warum nimmt er dann nicht einfach den Bus? Da Anton mir antwortet und seine Theorie weiterverfolgt, merke ich, dass er sich letzte Nacht mit Magda versöhnt haben muss. Er sagt, dass ein Mensch nicht mit dem Bus auf die Welt komme und ein solcher letzter Weg, dass der Kreis, der damit geschlossen würde, ebenfalls zu Fuß zurückgelegt werden müsse. Was glaubst du, warum er immer barfuß unterwegs ist?, fragt Anton und ich sage, so ein totaler Quark, denke aber, wie immer, verdammt, er hat Recht.

Jeden Morgen fahren wir die Landstraße hinaus bis zur Gabelung, dann links, am Schwanenweiher vorbei, wo die Weiden und Birken ihr Gutenmorgengrün leuchten, und wenn wir den Altushof erreicht haben, muss Anton den Fuß vom Gas nehmen, denn dann kommt die Steigung, die der alte Farzner bislang noch nie gepackt hat, den langen Geradeausanstieg zwei Kilometer vor der Kreisstadt, der Anstieg, den die Sommerlangläufer von früh bis spät allein und in Gruppen fluchend nehmen, die Veganernazis aus den Sportorten, der langgezogene Anstieg, der den alten Farzner jede Nacht daran hindert, unseren Ort für immer hinter sich zu lassen. Und da sammeln wir ihn dann ein, jeden Morgen, als weichgliedriger, zerschlagener Greis hockt er schon am Straßenrand, aufgeweckt von am Kopf vorbeidröhnenden Achtzehntonnern, zwischen zwei Träumen verloren gegangen und aus dem Schlaf gestiegen. Dann schaltet Anton die Warnblinkanlage ein und wir laufen die paar Meter zurück, packen uns den schorfigen Kerl, einer fasst die Hände, einer die schuhlosen, taukalten Füße, und der alte Farzner spuckt nach uns und schreit, aber wir schaffen es dann doch jedes Mal, ihn mit den Spanngurten auf der Ladefläche zu befestigen und unsere schäumende, geifernde Fracht zurück ins Dorf zu karren.

Heute Morgen redet Anton weiter über den alten Farzner und ich denke, er hat sich also wieder mit ihr vertragen, denn mit mir wechselt er seit zwei Wochen schon wieder zwei, drei Wörter, aber mit Magda, wunderbare zahnlückige Magda – ich dachte zuerst, er würde sie umbringen. Dann, nach drei Tagen, sah ich sie wieder im Laden einkaufen und dachte Gott sei Dank, er wird sie nur ein bisschen geprügelt haben, nur ganz leicht, bloß ein wenig gestoßen. Dann, letzte Woche, lag ich an einem Nachmittag unter dem Transporter und schraubte an der Ölwanne, da bekam ich einen Zettel von ihr, den mir der Kleine von der Putzfrau zugesteckt hat. Magda schrieb, dass ich schnell kommen soll, dass Anton sich erschießen will, und als ich das las, ich weiß es noch genau, habe ich mich sofort wieder unter das Auto gelegt. Weil ich nicht mehr konnte vor Lachen. Jetzt ist es mir auch peinlich, aber damals bekam ich sofort das Bild in den Kopf, wie mein Cousin sich sein Jagdgewehr in den Mund gesteckt hat und damit in der

Badewanne kniet, den Daumen am Abzug, und diese ganze komplizierte, fast elegante Haltung, dieses Selbstmordballett, das der größte Tölpel der Gegend im heimischen Badezimmer aufführt, wie er angestrengt seine riesige großporige Nase hinabschielt, in ihrer Verlängerung den Lauf ausmachend, ungeübt in jeder Theatralik – ich war froh, dass der Bengel von der Putzfrau gleich wieder zu seinen Freunden gerannt war, denn ich wollte gern mit meinem Gelächter allein sein, so weit wie nur möglich unter dem VW-Bus-Chassis. In meinem Kopf spulte sich ein Band ab mit dem Satz: Der doch nicht, niemals. Der doch nicht, niemals. Der doch nicht, niemals. Und weil ich mich damals nicht um ihren Mann gekümmert habe, weil ich nicht sofort lachend angerannt gekommen bin, um dem Anton das Gewehr aus der Hand zu nehmen, mit dem er höchstens eine Badezimmerfliese zerschossen hätte, darum spricht Magda jetzt nicht mehr mit mir, und das ist schade, wir hatten uns in der letzten Zeit sehr gut verstanden. Diese dumme Geschichte, wie jede andere auch, ist natürlich eine Folge des Farzner-Wahnsinns, den wir hier seit drei Jahren veranstalten.

Anton schaltet zurück in den zweiten Gang und wir beginnen unsere allmorgendliche Spähaktion, ich stecke den Kopf aus dem Seitenfenster um bessere Sicht zu bekommen, um auch in den Rücken der Büsche blicken zu können. Und Anton ruft mir seine Theorie hinterher, er ständig auf die fleckige Fahrbahn starrend, dass jeder Mensch seinen Kreis gehen müsse, um am Ende der Strecke wieder bei seinem Schöpfer zu stehen, barfüßig, wie am ersten Tag, und ich sage, dass er das gefälligst aufschreiben soll, damit wir hinterher den alten Stinker selbst fragen können, ob das so stimmt.

Vor drei Jahren waren wir noch ein normales Kaff mit Tümpel und Scheune und ein bisschen Tourismus, ältere Ehepaare, jeden Winter dieselben, die am Morgen mit ihren Rucksäcklein aufbrechen, um den schönsten Schneewanderwegen rüber in die Schweiz zu folgen. Ältere Menschen, die sich daran erfreuten, dass wir uns Mühe gaben, den Ort mit Blumen zu schmücken und Traditionen aufrechtzuerhalten. Jedes Jahr besuchte uns außerdem eine Handvoll FKK-Hobbyindianer aus Ostdeutschland, die im Mai um Erlaubnis baten, ihre Tipis den Sommer über auf unsere Wiesen stellen zu dürfen. Dann, vor drei Jahren eben, kam diese Familie mit dem alten Farzner im Schlepptau angefahren und quartierte sich in der Pension ein, den alten Farzner von früh bis spät unbeaufsichtigt an der Theke lassend. Diese Familie besteht aus einem Mann, der Professor an der Universität ist, Professor für Technik, glaube ich, die Frau guckt immer ironisch und malt Öl, sie trägt nur weite, schwarze Gewänder, und eine Hand hält sie immer gegen die Stirn, als würde ihr andauernd einfallen, etwas sehr Wichtiges vergessen zu haben. Und wir haben natürlich gleich gemerkt, dass der alte Farzner nicht mehr ganz richtig ist, voll dement oder final alkoholkrank oder beides, wie er da auf dem Tresen schlief, barfüßig, nur aufwachend, um sich die Flasche zurückzuholen, die wir ihm zuvor abgenommen hatten. Die Familie vom alten Farzner, das waren ganz graue, extravagant wirkende Figuren, die Tochter ein einziger trüber Klarinette übender Regentropfen, und so völlig anders waren wir, rotwangige Gesundgesichter, niemals krank, nie verzweifelt, vollzählig und bis auf den letzten ohne Allergie.

Und mit unserer Gemeindevertreterin handelten diese Menschen einen Vertrag aus, nach dem der alte Farzner hier, in unserem Dorf, mindestens 75 Jahre alt werden muss. Wenn uns das gelingt, gibt es viel Geld aus einer Stiftung, viel Geld für eine eigene Schule, viel Geld für den Fußballverein, viel Geld für jeden Einzelnen. Und besonders ich könnte gerade etwas Geld gebrauchen, dringender noch als sonst, weil ich mich um einen neuen Transporter kümmern muss, der alte ist kürzlich von mir gegangen. Das war schon eine eigenartige Sache, nachdem Anton mich in der Nacht in seinem Partyzelt mit der Magda gesehen hatte und sich dann anschließend doch nicht mehr umgebracht hat, da versagen dem Transporter die Bremsen, die ich ein paar Tage zuvor noch kontrolliert hatte. Ich rolle unangeschnallt und pfeifend zur Ortsausfahrt hinaus, durch das Naturschutzgebiet, und an der Serpentine mit der Nummer sieben, die, wenn man von unserem Berg kommt, die erste ist, trete ich die Bremse durch und bremse und bremse und bremse und bremse gar nicht, weil es keine Bremse mehr gibt am Transporter, und wie ich ins Gebüsch des Steilhangs segle, dem Abgrund tief unter mir Guten Tag sage, denke ich diesen beruhigenden Gedanken, dass dies eine ganz normale Sache ist und andauernd vorkommt, irgendwo auf der Welt, Peru, Russland, überall, ständig. Und weil es so normal ist, gar kein großes Ding, wie ich durch die gesunde Luft in Richtung Bergbahn-Talstation segle, unter mir die Wanderfreunde in ihren fröhlichen atmungsaktiven Jacken, die mir verwirrt hinterhersehen, ich ihnen eine Erscheinung bin, ist mir auch nichts passiert, außer Blutergüssen, Quetschungen, Kopfweh.

Wenn ich sage, dass der alte Farzner unser Dorf verändert hat, dann schließe ich meine Person darin ein. Zum Beispiel war ich einerseits nie der große Frühaufsteher und andererseits auch kein besonderer Freund der außerehelichen Affäre. Seit Anton und ich aber dazu auserkoren wurden, jeden Morgen vor Anbruch der Hauptverkehrszeit den alten Mann von der Bundesstraße zu kratzen, stehe ich im Morgengrauen auf und fühle mich wunderbar elektrisch. Anton ist dann eher grummelig, ein richtiger Muffel, da sieht man, wie verschieden die Menschen innerhalb der Familie sein können, trotz identischer Nasen. Und während ich mich dann am frühen Nachmittag mit dem Werkzeugkasten unter den Transporter, Gott hab ihn selig, lege und ein Nickerchen halte, muss Anton sich eine siegfriedartige Unverwundbarkeit beweisen und zusammen mit den Veganernazis aus den Sportorten auf die Sommerlanglaufpiste rennen. Und wenn er dann am Abend zu Hause im Partyzelt sitzt, mit Frau und Cousin, und alles diese behagliche Wärme ausstrahlt, dieses Insektenkerzenflackern, dieses wunderschön dösige Mau-Mau-Spiel, wenn alle Gegenstände Schlafmützen tragen und ihm zuflüstern: Es ist gut, lieber Anton, leg dich hin, es war ein langer Tag, und er dann Frau und Cousin allein im Partyzelt lässt, sehr blondgelockte, sehr zahnlückige Frau und sehr ausgeruhter, sehr verständnisvoller Cousin, (Take it easy altes Haus, schlaf dich lieber noch mal aus), dann ist das Alleinlassen selbst schon Anstiftung zum Sex – und dafür muss man letztlich dem alten Farzner und seinem Tagesrhythmus die Schuld geben, keine Frage.

Wir sind fast in der Kreisstadt angekommen, die letzten Meter, die an den Autohäusern und Steinmetzbetrieben vorbeiführen, der alte Farzner hat also einen neuen Rekord hingelegt, so weit hat er es noch nie geschafft. Ich mache mir wie immer ein bisschen Sorgen, dass er vielleicht nach all der Zeit endlich von einem frühen Lastwagen, von einem italienischen Zigarettenschmugglerlastwagen umgefahren wurde und der Fahrer in seiner Verzweiflung den Leichnam des toten Männchens einfach mitgenommen hat, um ihn im nächsten Weiher zu versenken, das Verschwinden wäre für uns genauso schlimm wie sein Tod, das Verschwinden bedeutet ebenfalls: kein neuer Transporter.

Wir finden den alten Mann nicht, Anton dreht den Wagen um und lässt ihn im Leerlauf den Abhang zurück ins Tal rollen. Ich denke wieder an diese Farzner-Familie, was für ein Haufen Unglücklicher, ich denke, dass diese Familie von einer schwarzen, giftigen Wolke aus Geheimnissen umgeben ist. Zum Beispiel haben Anton und ich Kommando Schnarch durchgeführt, das heißt, wir haben den alten Mann nach seinen ersten Fluchtversuchen einfach ans Bett gefesselt, mit einem Springseil. Vielleicht nicht gerade Respekt vor dem Alter, allerdings ist der alte Farzner auch ein besonderes Früchtchen. Am nächsten Tag kam ein empörter Anruf vom Professor für Technik, dass der alte Farzner unter keinen Umständen in seiner Freiheit eingeschränkt werden dürfe, und so ging das weiter, sie mussten in unserem Ort einen Informanten haben, der ihnen alle Neuigkeiten zutrug, immer rief der Professor an, um sich zu beschweren, um zu sagen, dass es bei diesem Verhalten keine Auszahlung gäbe, und oft musste ich mit ihm sprechen – das waren ganz gruslige Gespräche, weil der Professor eine hohe, metallische Stimme hatte und es bei ihm im Hintergrund so hallte. Dieses Allwissen gab natürlich Anlass zu Vermutungen, irgendwann verdächtigte jeder jeden, ich erzählte auch Anton und Magda nicht mehr alles. Von Ostdeutschen und von Indianern sagt man sowieso, dass sie einen Sinn für Ehrlichkeit, für das Aufrichtige haben, dass sie dir ins Herz sehen können, und darum wundert es mich nicht, dass wir schon seit zwei Sommern ohne Besuch von Old Manitu und Häuptling Linker Strumpf bleiben müssen, die ihre Stämme von Parchim und Jena-West aus mittlerweile jeden lustigen Mai in ein anderes Wiesengebiet führen.

Und ich glaube: Dieses gegenseitige voreinander Verbergen, das Verheimlichen, dieses ganze Gift des Misstrauens, das der alte Farzner und seine Familie in unseren Ort gespült haben, die Geschichte mit mir und Magda, das alles sitzt Anton als nadelstichiger Ärger hinter den Augen. Denn vor uns, in der Senke, steht jetzt der alte Farzner, natürlich mitten auf der Fahrbahn, von unter einem Strauch, aus der brackigen Wasserrinne hervorgekrochen, ungeduldig auf seine Abholung wartend, und ich muss zugeben, dass ich ihn schon seit längerer Zeit verstehen kann, ich weiß, wie es ist, wenn man den ganzen Tag über mächtig getankt hat und dann in der Nacht die Perlen der Erkenntnis nur so aus einem hervorsprudeln, weil man den großen Durchblick gefunden hat, weil man seine eigene Familie, seine eigenen Kinder hasst, und wohin mit dem unwiederbringlichen Schatz der Mitteilsamkeit wenn alles schläft, der ganze Ort schläft und hat kein Ohr, dann brauchst du die Kreisstadt mit ihrer Nachttankstelle und ihrer Automatenspielhalle und ihren großen modernen Propheten der Einsamkeit. Ich mag den alten Farzner eigentlich ganz gern, seit ich seine Masche, sein Bedürfnis verstanden habe, deswegen beunruhigt es mich gerade sehr, dass Anton den Gang eingelegt hat und den Abhang zurück in die Senke fliegt, der alte Farzner steht vor Schrecken gefroren noch immer genau auf der Mitte der Fahrbahn, sein nackter Fuß links, sein nackter Fuß rechts vom Mittelstreifen, wieder mal nur auf halbem Weg zurück zum Ursprung, den er nicht mehr finden kann, wie er uns spöttisch entgegenblickt mit seinem traurigen Lächeln, und ich rufe: Denk an das Geld! und sehe dabei Anton an, der die Augen zukneift und zittert und ich denke wieder diesen Refrain: Der doch nicht, niemals. Der doch nicht, niemals. Der doch nicht, niemals. Der doch …

Philip Maroldt
Gedichte

ein rückschritt. mit steinen an-
ordnungen bilden. landkarten ein-
zeichnen. mittelwerte von rück-
reisegeschwindigkeiten ermitteln.
ein ausloten der entfernung
zwischen jänner und macht-
ergreifung. ein datum festsetzen.
die siebenundzwanzig eintragen so
zu sagen als anfang.

die lider abtrennen konturen be
enden eine kulisse im abseits schaffen /
ein lebensbedrohliches kino. die welt un
erbittlich in kliniken einweisen [isolations
haft] / so wie der zarte riss durch
die leinwand geht widerspenstig millionen
von farben ins diesseits reißt/transponiert dann [digi
talsperre] fließende über
gänge verhindert & jeder pause ein ab
würgen einschreibt auf dass der schluck
reflex die handlung aushebelt wie eine
sprengung des pornofilmgenres
& der bedarf gedeckt ist an abstrichen / schnitt
fertigkeiten / zur neuordnung einer
liebeserklärung innerhalb von
sekunden der herzschlag ausreicht/entzerrt
wird ein gottesbeweis oder ähnliches stop

kann jemand einmal die zeichen abstellen
bitte ersticke der druck auf die stimm
bänder deutlich erhöht unerhört die übelkeit ein
schleichend alles vollautomatisch zum mythos
gestampft eine alltagsheldenkartei eine
karte gesellschaftsschichten und ähnliches
dämmmaterial alles um die geräusche
des igels zu unterdrücken wie er sich einrollt
die feuchte nase verbirgt bis die tür
geschlossenverriegelt ist sicherheitsschloss damit
die durchblutung erneut den korrekten realität
swert erreicht diesen heißbegehrten wohl
fühlgrad an bedeutung kurz den goldenen schnitt

ANGSTINVENTION I

hoffnungsschimmer / tranquilizer. / tränen-
insuffizienz. / herzmangel. / stattdessen mit magensäure deutlich die welt weggeätzt, deine
schwarzen locken zuletzt. die sterilisierten
wortviren reproduzierten sich ungehemmt: / schnell
die blut-hirn-schranke eingerissen / und deinen
blumennamen in unkontrollierten wucher-
ungen erstickt: / die muttergottes als tumor / die metastasen:
lateinische endungen: endlich eindeutige
ausweglosigkeit erreicht / nonstop /
eine spritze zur klarheitsentfernung, / ein-
atmen, ausatmen / die lungen / sind taub / sind
trockeneis, lebensabfallprodukt. trotzdem kein ko-
llaps als geschenk des himmels / keine
gottesschau / kein epileptischer anfall. eine stille
bitte um hinrichtung lediglich. jede
bewusste wahrnehmung heißt behandlungszimmer.

der einsatz von medikamenten
sollte erwogen werden ein restrisiko
verschlimmerung denkbar libido
störungen vorprogrammiert der sommer
wird abgebrochen wie üblich ein aufklaren
über dem hauptbahnhof gläserner
flüchtlingspalast am anderen ufer *here's*
looking at you in die augen proportionen
normal kein distortioneffekt in der stirn
in den lippen. ich rate dennoch zur abreise.
ganz wie erwartet zum kolorieren verdächtige
serotonin-wiederaufnahme-hemmer verwendet
just *for old times' sake* elektroschocks oder startende
flugzeuge hoch im norden einmal abschalten
psychosen besichtigen römische zimmer oder die seine
das feuer verschlafen im rauch ertrinken berichten
ganz einfach von gegenanzeichen der einsatz
von schlaf vielleicht eine raumforderung
wenn gehirnströme [umgepolt] übersetzt sind in schnelle
augenbewegung dahinter das licht einer notaufnahme

SEPSIS [auszug]

die landschaft eichen: lavendel, ein singender
strauch. ein einstich von unbekannt. gift-
spritze ins gelobte licht [auf den ledrigen
laubblättern liegend]. linksseitig
eine rötung der leiste, ein kontaminierter kreis
[darin vielleicht blütenstaub aus 13-nervigen kelchen,
darin paradiesresistente erreger, vielleicht].
die fruchtbarkeit in die lymphbahnen eingeführt.

genießbar durch angstschweiß: bitterstoffe sind
auszuschwemmen. dann: hohe haltbarkeiten
als regel. ausnahmeanfälle jederzeit denkbar.
die wulst am schenkel ist auftakt zum zeichen-
system, schnelle fortpflanzung in den unterleib.
wo das bein beginnt, der geschwollene
knoten: die hautspannung [vibrat-
ionen] reicht, dass es reißt in den lenden. der tod
nimmt gestalt an in schmerzspitzen.

KOHLEMÄNNER

einen streik erwägen. ganz bei sich –
zwischen den schweißtropfen. bis zur erschöpfung
berge aufwerfen. schaufeln – am eigenen
denkmal / nicht gleich in die kiste, nur
spaß haben mit den mädels, beim bier,
nach abschluss der waschungen.

verkohlungsprozesse / einfärbungen. aus-
schnitte schärfen, pausen festhalten.
mit körpereinsatz vergänglichkeiten beenden,
bis zum nullpunkt entladen und
frühere lebensstationen schwärzen. ganz
in der alten zeit aufgehen – bis
in die augen, wo schon der feierabend lauert.

ladungen. energiebündel. organische an-
sammlungen. stoffe. rohe schwärze. angst-
einschübe, dann: mit jeder schippe den fortschritt
erden. die hoffnung mit brennstoff versorgen.

eine normalisierung der lichtverhältnisse gegen
vier uhr dreißig. wir waren zuvor bereit,

einen neuen wochentag zu erfinden, alles
zurückzuspulen mit einer zahl von bildern, die

mit hoher geschwindigkeit gegen unendlich
geht. auch diese einheit wird pro sekunde

berechnet, wie dein einschlafen, das im gleichtakt läuft –
von der helligkeit sauber abgetrennt.

die positionen der wolken zeigen dennoch ein falsches
datum an. jetzt verweigert alles im blickfeld

auskünfte über die zeit. dann erkennt die sonne
im neuen tag einen gültigen datenträger:

die wahrnehmung ist beschreibbar.

Milo Pablo Momm

13 Gedichte

I

Schwenkflügel entrosten
wir auf dem Feuer

nach Yucatán. Die
Fleischbeine gehen mit dorthin.

Schlaf fest, es gibt bereits
andere Horizonte

Lovers/Liebende

II

Wohlverleih

Die Raben schwärmen
mit beschwichtigten Flügeln
(du besprachst sie,
machtest Heckenschützen
aus ihnen)
aufgeteilt auf Mund
und Mund: ausgesäubert.

Doch Liebster:
schieß nicht

loser noch sind die Schläge,
reibender ihr Hämmern.

Am Platz
Fleisch : Keile.

III

das Stimmverletzte
am letzten Fleck:

Lecken der Achseln.
Lecken der Mandeln.

Wir stellen uns
Wir stellen uns dazu.

IV

Wider

WIR fahren zusammen : Nacht :
an unseren Orten – und gehen.
Geh. Gut ist er heute. Gut.
So sehen wir auf: unbetreten, einmal.
Den Spruch aber behalte. Führ ihn ein.
Und sieh: wie er lächelt.

AUFGETACKELT der Blendung (diese
hinzugeknöpft, anteilig) Geh.
und wir lassen nicht fallen / bete
für uns. auch wird hier
geschlafen – gegen dich zugedeckt.
Zieh deine Rose inwendig.
Nimm mich zu dir. Eli.

GEH. Denke an die Flöße,
aus unbehauenen Stämmen,
wir binden sie
locker: geht Fleisch noch
dazwischen
das Haus in der Ebene – ich.

(Im Gebüsche scherzen Kinder munter)
Geh. Es ist gut. Geh. Lächle.

GEH. leb auch mich. Quer-
durch das Andere : liegend : das
zu Erjagende, halsrot [hart].
Das zu Schluckende. Samen. Uhren.

WIE zerspringe ich : was : du
nicht sagst, eingefleischt
dem Unmund entfallen / vögel-
weit aufdenken

lächeln
Dachtest du. Dachtest du.

verhandschlagter Tag.

Geh.
Lächle.
Nacht –

V

Wermutsstern

Geflossenes steht:

bitterer, weißer Stein.

Zu Fuß kämpfte,
legte sich dazu.
Ruhte.
sieglos
gemundet
verantlitzt:
die unreife Feige
als der Name:
gestirnt.

VI

Erebos

Die fräsenden Taten
/ sind andere, nicht mir
zugewiesene / langen nach
Verrat am geöffneten
Mund, der weit ausläuft in
seinem Verlangen, rückwärts.
(Sein Schwellen hatte nie aufgehört,
nur eingeweidet hatte er sich,
den Herzwänden den Sporen zu
mit vier Händen und geteilter
Hüfte zwischen uns)

Darauf bechern wir
wechselndes Belecken der Zungen
und sind Geschwister
an gegenseitiger Hand. Nichts anderes
ist der Kuss unter uns,
der rottet die Nächte zusammen,
im begeisterten Haus.

So treibst du, abgeschnitten,
flussabwärts,
den Händen der Verwesung
entgegen.

Und wir schlucken im
Atemtausch Kot.

VII

Memories mar my mind

1.

Erloschener Kugeln
anzueignendes:
Widerkehr. Aus den Fühlern
den Wassern dir zu
legen wir:
weiter, freitags
jeden Tag
jeden Abend
die Larve.

Sitzproben der
Nacht.

2.

Entmundet küsse
deine Schamlippen,
dein Ab, dein Auf.
Es legt sich der
Tag und der Tag
(der weite, der ferne)
es legt sich der Tag
es legt sich
zur Probe
legt sich
die Klappe.
Gib mir die deine
dazu.

VIII

Atys

Was aufgelöst sich aneinander
fügt : schneidend : geht
jeglicher Legung ent-
gegen. / gegenseitiges
Vergewissern in unseren Händen.
Nacht. Bäuchlings.

IX

Eure   HÄNDE,
      eure Stimmen, Findlinge
      zu Mittag.

      eure Blutsegel,
      Egel und Ekel,
      sind aufgetäut, vom Bett
      umschilft, klaffend.

      Wach.

      fremdberingt lockern
      sich wieder
      die schmerzenden Finger.

      Kein Segen. 0 Uhr.

X

HÄNDE;
Lippen-,
Speichelgesäumt.

Als eingefallener Schritt,
als das Zuverschweigende
nachtdurchwachsen.
Als Sturz und Glocke.

Ich habe verzählt:
morgens
mittags
abends. Anderentags die Tränke freiräumen,
mit Händen.

Schweigen und lecken.
Schlucken.

XI

ROM

Kopfüber;
so stehen wir da:
ausgesät auf den Mund
der sagte : verzückt / versamt
auf der Nase dem Auge.

Und in schnellen Schlägen
– immerzu im Einserschritt –
(wohlgemerkt: dem Einzigen)
wird das Herzsegel gelocht.
Kopfüber.

XII

Mundfassungen am Rande
der Landung, segne

die Liebe,
das Wort zum Graben

gekippt, aufgeleckt von
immerzu trockenen Zungen.

XIII

Nagelfluh

weithin Gesichtetes
knechtet sich zur Fuge,
darin der
eingefaltete Mund:
Überhang.

alle ausgezogenen
Haare aufgereiht
auf dem Tisch
es graut ein neuer Tag
und ein neuer Tag

Franziska Oehme
Zweiter Monat

tiefe nacht alles
liegt im ungewissen
und für sie war es eine nacht
unendlich von unmöglichkeiten
unhaltbar im unfassbaren
ZUSAMMEN SEIN DIE FRUCHTBLASE DIE FRAU
   bin ich für einen augenblick euch
   geschenkt bin ich er euer augen licht
   das ihr auf die zukunft hin gericht
   bis an sein grab habe ich es getragen
   bis ins leben über die grenze meiner selbst
   hinaus ist es gezogen von mir als kind
   in meinem garten stehen geblieben
   sind nur sein grab und ich erinnere
   mich daran es zu pflegen bei der
   gartenarbeit sein grab entlang der jahre zu bedenken

und maria dachte lange darüber nach kindergarten
arbeit hieß in die zukunft gehen in der zukunft
unabhängig von der zukunft wird sie unauffällig
die alte schlange sein und laufend ausgebrannt
wäre sie gern glücklich geworden aber sie ist nicht
zu sehen als besiegte hatte sie ihre aufgabe erreicht
hatte sich neu geboren *und* ihre träume dachte ein
mann *ein mann* dachte ihre träume sind natürlich
gut geeignet für die kinder gott sei dank die kinder
die kinder kamen nach ihm mädchen und junge nicht
nach der frau *nach der frau* würden sie verbunden
mit schmerzen der verzerrung und auseinander gereckter
glieder ohne halt über ihn und sich selbst hinaus
wachsend immer wieder eine neue haut sich zu eigen
machend die alten abgestreift *abgestreift* als
unabänderlich abgeschlossenes leben verlegen

zu ihren erinnerungen mit gedanken spielend aus
verschieden farbigen streifen *streifen* vom saft
ihres daseins früchte in die halbtrockne tier und
menschenhaut geschnitten hatten sie *wie* bei rothäuten
schon seit der geburt die farbe des lebens in sonnenlicht
und menschenhand wind und stein

nein das mädchen und der junge sollen nicht ins über
irdische licht nicht in greifbare nähe friedfertiger
gestellt werden nicht gegen den strom der luft des
wassers und der hundert hände laufen *laufen* lassen
würde er sie nur und bei seinen kindern nicht das
schlangenköpfige töten und vom leib schlagen müssen
um ihre leiber einfach zu halten *zu halten* einfach
nur mit den eindrücken für hände an ihren händen
hängen bleiben
mit zärtlichkeit an ihnen *wie* geruch für verwesung
sich selbst aufgeben könnte er nur für einander gut
heißen nicht für sich sondern für andere bestimmt
und die kinder *die kinder* schrien nicht *wie* sie
geschrien hatte als es soweit gekommen war ihnen das
fell über die ohren zu ziehen *zu ziehen* wo es sich
schon leicht abhob *als* sei es ihre schlangenhaut
durchscheinend matt

doch sie kamen alle nach ihm nicht nach ihr die
erziehung war ihr gewinn da es ihre kinder waren
und das waren sie vor ihr und allen anderen glaubte
sie daran zu sehen wie vollständig ihr einsatz war
mit haut und haar ihr einsatz war sie *sie* zeigte es
verbissen brauchte ihren kopf die kinder ganz in
sich aufzunehmen lehrte sie ihnen die worte zu
nehmen aus dem mund ihren mündern ergoss sich ihr
leben in ihres so wie sich mit den kindern ihr traum
erfüllte *erfüllte* sie den kindern ihren traum *und*
daran dachte sie nicht

nicht auch noch daran dachte sie damit sie zur ruhe
kommen *zur ruhe kommen* und ruhig schlafen *ruhig*

schlafen wie sie *wie sie* weil sie es müde wird *müde
wird* ständig neue träume zu haben träume zu haben
die sie ihr *wie* taube von den lippen ablesen *ablesen*
wollen und wort für wort nehmen sie ihr ab sobald
sie zu etwas sprechen können *und* sprechen kann sie
nicht mehr nur für sich nur sehen kann sie sich
wieder von innen heraus

    ich versuche jeden traum
    mit meinem fleisch aus den händen abzulesen
    von einem augenblick zum nächsten
    ändern sie den gang meiner gedanken
    kann ich sie mit einem wort gerade noch fassen
    wo sie mir im nächsten völlig entgleiten
    bleibt es versagt
    an das zu rühren was klar auf der hand liegt
    da geht die hand mit ihm einfach ihrer wege
    ohne dass ich weiß warum

aber sah sie ihre kinder an und dachte dasselbe wie
sie *sie* glitten ganz für sich *wie* worte aus ihrem mund
aus ihrem mund traten sie hervor in fremden reden
fremden reden folgte sie weil sie sich damit hatte
sie sich damit hatte selbst beschreiben wollen
beschreiben wollen von sich aus *von sich aus* kam alles
das nach dem mann mann konnte sie kaum mehr sagen
denn ab und zu

denn ab und zu nahm sie ab und zu nahm sie nahm sie
oder hob angebote auf von fremden mit denen der mann
jetzt verkehrte *und* sie wusste nicht mehr ob er sie
sah und fand er hatte sie schon lange nicht mehr
angesehen sie wusste nicht *wie* sie sich ansehen
sollte ohne spiegel *ohne spiegel* hatte sie niemanden in
ihrer nähe war er nicht mehr denn er war verschwunden
mit den worten die sie gern von einem anderen hören
würde

wer fühlt sich selbst ausgefüllt
ausgespielt von der wüste gespien
in vertrocknende menschen
aus dem garten ins grab geliefert
neben der frau
MAN SELBST SEIN DIE WÜSTE DER MANN
    den ich sehe im gebirge
    dem gebirge der nacht auf ein uhr
    kann er mir nicht folgen weil
    der liebenden krankheit ist sich zu hüten
    voreinander mit sicherheit bis ich
    ihm näher komm in die tiefe gestürzt

gestürzt hatte als wort maria alles mögliche gesagt als er
es nicht mehr verstand ihr fremd geworden war *und*
sie das bett ihm blieb *und* später nur das bett ihm
blieb als sie den aufstand probte auf dem sofa
anprobiert mit dem kopf dem kopf keinen schlaf fand
nur halbschlaf keine rückzugsmöglichkeit spürte den
lungen atem zu holen und keine frische keine kraft zu
dem was er sagte keine verbindung war die naht

die naht der traumseiltänzer hatte sich vom stoff ihrer
himmelszelte gelöst sie stürzte er schnitt sie stürzte
damit sie überlebte nichts dem übrig ließ der sich
in ihrer träume verschnitt auszahlen konnte *und*
endlich wird die rechnung nicht ohne den wirt gemacht
sie verschnitt *und* sie stürzte

er schnitt damit nichts ihrem zufall überlassen blieb
alles aus ihr das kind vom körper den traum um ihren
aufprall zu verhindern *und* für diesen fall um
verlorene liebesmüh ihren körper zu erleichtern um
den virus der gemeinschaft um ein kind *und* kindeskinder
spielten keine rollen mehr nur sie *sie* hatte sie
bekommen *und* er kannte sie nicht nichts war geschehen
alles war noch möglich sie zu pflegen groß zu ziehen
auszufeilen neu zu planen für sich einzusetzen
auszuschöpfen zu entwickeln anzutreiben aufzustellen

oder sich beherrschen an den grenzen der zeit ab und
zu ihre lücken die träume zu nisten bitten verschließen
um deren abgang ununterbrochen sicher zu stellen kann
im uhrzeigersinn entsicherung mit der zeit sich und
baldige heilung versprechen für sie woge des all
umfassend alles ertränkenden sein das zuvor am leben
war für sie sollte in der woge des all umfassend
alles ertränkenden wein sein was zuvor am leben war
sollte in der woge des sich abstoßenden alles
umfassend alles ertränkend sein

wie ein alles überwucherndes geschwür
das unheilbar zu bleiben geschworen hat *wie* das gift
der schlangenhände das ich stück für stück in ihren
blutstrom ziehend mit roten blutkörperchen weiße durch
den sich ausstreckenden leib vernesselt fortzupflanzen
wünscht die krankheit *wünscht die krankheit* wahnsinnigen
tod des eigenen blutes *des eigenen blutes* selbstmord
noch vor dem blutbad ergibt der zusammenhalt sich
von kranken als beruhigung eintritt in ihrem körper
und sie sich sehen dabei von innen heraus vergehen
zerfressen von den würmern aus der vergangenheit
stecken geblieben im unfassbaren steckt der angstschrei
ihrer liebe frucht tonlos wie in alten häuten

    höre ich lauthals nichts als das
    infizierte rauschen unserer wellen im feuer aus den
    flammen in dem wir füreinander brennen stromausfall
    ich bin nicht dein personal computer der programmiert mit
    daten gespeist
    solange weiter rechnet bis sich alles vom selbst gelöst hat
    das hier ist echter krieg die manöver schlagen fehl
    menschen die sterben reagieren musst du oder du bist tot
    weg von der bühne platt gemacht ausgeschaltet

und kein tag mehr am ende der nacht
sind beide gestorben wie ein licht
brennend seine luft
vernichtet und zum schluss leer ausgeht

in beiderseitigem einvernehmen
DAS PAAR REIN ZU STAND
   hat reinen tisch gemacht
   wenn nacht ist kann man nichts sehen
   aber träume haben wie gespenster
   moderner beruhigungsmittel sind
   gedankenspiele mit ärzten
   ein gruppenbild mit mir

er hatte streichhölzer verboten er hatte sich den strom
zu füßen gelegt er saß auf seinem stuhl *und* er war
sauber ohne brandflecken entbrannt von neuen gesetzen
kein offenes feuer kein krankheitsherd in seine zeit
kein heldengesicht wild glühend war da noch marias
bett nein hätten ihre kinder vielleicht so geboren
werden können nein so geboren werden und leben sollen
nein stellte sich womöglich doch nicht ungeklärtes
wachstum ein nein keine kinder ausfall der schaltkreise
es droht nach dem wegfall technischer errungenschaft
erste erregung als dem köder der verbindung getreu
später abgestorben in selbstgenügsamkeit ausgebrannt
die durchgebrannt geschlossene gemeinschaft wird nicht
zur selbstbeherrschung ihres aufkeimenden nervenenden
polens zwischen zwei starkstrom wechsel strom kinder
setzen

nein neugeborene bleiben im muttermund nicht stecken
sondern im geist wo in die hand sie keiner nimmt mit
etwas gefühl für zeit *und* mit der zeit passten sie
immer weniger als mehr immer weniger ließ der arzt
hoffnung und war ein mann für den ihre sehnsucht die
frau zu träumen auf dem sofa erzählend wieder erweckte
halb verschlafen erweckte doch in ihr selbst vertrauen
selbstvertrauen das sie so neu geboren so verletzlich
winzig *wie* ihr kind in den händen hielt und die faust
schloss und dem fremden der ihr alles mögliche davon
erzählte ins gesicht schlug was maria zu tun nicht
die zeit gefunden hatte als sie lange über das gesicht
des fremden nachdachte

ein gesicht das gleichsam aus stein in der fremde
einfach über sie herfiel und sie reuen wollte wo
leben sie gewollt hatte ohne zu sterben und weil
sie sich vom leben nur zu träumen nicht frei und
von allem genug sich nicht entbunden sah *sah* er
ein wenig wie wenig es ihr passte und begann damit
begann da mit ihr zu arbeiten ihr zuzuarbeiten was
ihr kraft gibt die augen offen zu halten für die
maske mit den händen in die der arzt kleine alte
schlangenhäute legte von seiner hand aus guter
passform stets aufs neue hin eingeführt wenn sie
wieder unpassend sind unpassend geworden sind
in ihren augen *in ihren augen* nicht mehr taugen
beschwerte sie sich aber so dass er sie stets aufs
neue hin führen musste wenn sie wieder unpassend
geworden war unpassend geworden in ihren augen
in ihren augen nicht mehr taugte

    beschwerte ich mich weil ich glaubte *wie* eine tote
    eine tote zu leben die einmal umgelegt *einmal umgelegt*
    immer wieder umgelegt werden muss *werden muss* weil
    eigentlich mein platz fehlte *fehlte* mir ein platz solche
    träume für mich zu behalten auf dem friedhof meiner ahnen
    träume für mich zu behalten sagt darüber stehend ein mann
    neben dem sofa
    darüber müsse ich mir keine gedanken machen wenn ich ihm
    glaube
    und zuhöre was er sage mit anderen worten mir schenke

im strom der zeit als freiheit in freizeit *wie*
freiraum vom baum der erkenntnis fiel freisinn für
freizügigkeitsgewinn ab auf ihr sofa *und* sie kann
freizügigkeit nichts sehend verstehen und auch nicht
verstehen ihr eigenes wort auf ehr und ruh hat sie's
in dess hand gelegt wo auch dem kind es am leben
gebricht bis es nicht mehr schreit und sie spricht
will sie sich ruhe gönnen und einfach beruhigen wie
DIE KINDER HALB ZEIT HALB LEBEN
    wie sie sich selbst im arm halten können nur wenige

nur wenige konnten gewisser maßen maria beurteilen
und erst am ende ihrem sohn dem vater ihres sohnes
und ihrem heiligen geist das kind abnehmen *wie* worte
nie erlauben es zu träumen kann plötzlich alles zur
unruhe kommen *und* gehen wieder träume von der hand
sind im traum die gedanken nie abgeschlossen kann ich
leicht geöffnet werden bis in müdigkeit von rastlosen
jeder traum verfällt

aber kommen lassen einfach kommen lassen wird sie sie denn
bis ins zugeständnis hat sich das verheißungsvolle wieder
nicht erfüllt weil die kranken nur unter hilflosen
treten auf den rücken zur wand worin ihr boden liegt
und an ihrer gemeinsamkeit damit nichts ändern

Sonia Petner
Zitronen

Ich gehe zum Teufel, ich gehe an den Fluss, um mir den schmutzigen Schaum anzuschauen, das Fortgespülte der Textilfabrik. Alles ist tot im Fluss. Der Schaum ist bunt, manchmal blau, manchmal rosafarben, manchmal gelb. Er kräuselt sich hoch an den Steinen, die bald ganz eingefärbt wie bunte Kugeln aussehen. Ich breche einen Zweig von der vertrockneten Weide am Ufer. Ich stochere im rosafarbenen Fluss herum. Die Farbe ist flüchtig, nichts bleibt an meinem trockenen Stock zurück. Der Fluss ist nicht tief, ein ausgehobener Graben für Abfälle. Wohin er fließt? Alle Flüsse fließen ins Meer. Ich werde in den Schaum springen und bis zum Ende durchmarschieren in meinen dunkelblauen Gummistiefeln.
    Aber nicht jetzt, heute habe ich keine Lust dazu.

Wo hast du dich rumgetrieben, sagt meine Schwester. Sie ist weiß und dick, im Nacken hockt ihr schwarzer Zopf. Ihre Augen schauen aus den dicken Wangen wie schwarze Knöpfe. Sie hat zu essen gekocht.
    Ich habe zu essen gekocht, sagt sie, stützt die Hände in die Hüften.
    Sie trägt Mutters rote Kette um den Hals. Ihre Brüste wippen auf dem Bauch. Ihr die Kehle zuschnüren. Mein Bruder kommt zur Tür herein, er hat braune Stiefel an, sie quietschen beim Gehen. Er sagt nichts, er nimmt die Axt, die unterm Ofen im Weidenkorb liegt und geht hinaus. Dann hört man regelmäßige Schläge in morsches Holz.

Du musst so ziehen, sagte Radek.
    Er nahm einen großen Schluck aus der Plastikflasche und zog an dem Stummel. Tief, tief und dann schluckte er den Rauch, der Rest kommt als Wolke aus seiner Nase. Dann gibt er die Kippe an mich weiter. Mein Herz schlägt bis zum Hals. Dann machen

wir das regelmäßig, hinter dem Hühnerschuppen. Niemand sieht uns, von uns bleiben nur noch kalte Stummel auf dem feuchten Boden. Wir sehen Blasicki, dem Nachbarn, beim Schlachten zu. Wir lachen. Er läuft hinter einem Huhn her, stolpert, fällt in den Dreck. Er schnauft, in der Hand ein Hackebeilchen. Das Huhn läuft und kreischt im Kreis herum. Dann stumm und kopflos. Blasicki ist völlig erledigt, dann gibt auch das Huhn auf.

Mutter ist da noch sanft und schön. Sie sitzt auf dem Hocker in der Küche und poliert das Silber. Ihre Schürze ist weiß mit zwei roten Blumen auf der Brust. Sie lächelt, als sie mich reinkommen sieht. Ich küsse sie auf die Wange und zeige das Fleisch das ich bekommen habe: Die haben ein Schwein geschlachtet, sage ich. Letzte Woche. Einem Freund gibt man was mit. Zbyszek klopft das Fleisch vom Eis frei und packt es in eine Stofftüte, schönen Gruß an deine Mutter. Er verabschiedet sich immer mit einem Kuss.
 Mutter setzt gleich heißes Wasser für Tee auf. Bis der Kessel pfeift, sitzen wir stumm unter der Küchenlampe. Mutter poliert das Silber. Ein Hochzeitsgeschenk der Großmutter. Es ist schon zwanzig Jahre her. Willst du Zitrone in den Tee? Sie sieht mich nicht an, sie lacht nur leise in sich hinein. Wir trinken Tee und schauen fern. Mein Bruder kommt herein, seine Stiefel sind voller Dreck, fette Klumpen Schnee kleben an seinen Sohlen. Er streift sie am Ofen ab. Und setzt sich zu uns. Im Fernseher läuft die Schlagerparade. Wiederholung von gestern. Mutter schaut auf das glänzende Silber und den Bildschirm. Sie summt jeden Refrain mit. Ich nehme den Kohleeimer und gehe runter in den Keller.

Jetzt haben wir keine Kohle mehr. Mein Bruder und ich wechseln uns beim Holzhacken ab. Dieser Winter ist hart. Der Schnee fällt waagerecht vom Himmel. Unsere Nasen und Münder sind mit Schals bedeckt. Sie werden feucht von innen und heißer Dampf kommt heraus, man kann kaum etwas sehen zwischen den Schneeflocken.
 So sind ab jetzt alle Winter. Die Wetterleute haben eine neue Eiszeit vorausgesagt. Diluvium. Vorrücken der bis zu tausend Meter hohen Eismassen. Neues Land, neues Bergland entsteht. Unsere Häuser sacken im Gletscherschutt zusammen, werden mitgezogen,

Moränenfelder und Urstromtäler bilden sich. Vielleicht bunte Fabrikflüsse, Schaumgewässer aus abströmendem Schmelzwasser.
Heutzutage ist nichts mehr einfach, sagen die Leute.

Samstags gehen wir auf den Schwarzmarkt. Wir packen Mutters alte Kittel in zwei zerfetzte Reisetaschen. Wir packen die kaputte Kuckucksuhr, einen Gummihammer, einen Feuerhaken, einen elektrischen Schuhputzer, eine Plastikwanne, eine Packung Reiszwecken und alles, was wir lange auf einem Haufen im Keller gesammelt haben. Die Taschen schnallen wir auf ein Fahrrad, mein Bruder führt es, ich halte die Fracht hinten fest. Meine Schwester trottet hinterher, in unseren Spuren im Schnee. Als wir zurückkommen, ist es schon längst dunkel. Das Haus ist kalt, das Feuer längst ausgegangen. Wir werden heute Nacht unseren Vorrat an Holz aufbessern. Wir gehen in den Wald.

Lasst euch das mal gesagt sein, wenn wir tot sind, gehört das alles euch, sagte die Großmutter. Da wusste sie nicht, dass wir nichts hatten.
 Sie thront im weißen Federbett. Ihr Atem zwischen den Worten ist nur noch ein Pfeifen. Sie riecht herb und säuerlich. Ihre Wangen fallen in sich zusammen. Manchmal kreischt sie nachts. Manchmal ist ihr zu kalt und manchmal zu warm. Ich habe Angst, sie zu berühren, sie riecht nach Tod.
 Du bist noch ein Dümmerle. Ihr Mund verzieht sich zum Schmerzlächeln. Ich will das nicht sehen. Mutter kommt, sie schubst mich hinaus, in der Hand einen Nachttopf, von dessen Rand ein Tropfen Urin fällt. Ich sehe diesen Geruch, ich rieche ihn nicht nur. Er kriecht unter Großmutters Tür durch, er setzt sich an den Tisch in der Küche, er kriecht nachts unter unsere Decken und schläft mit uns. Morgens ist er als erster wach, begrüßt uns, reibt sich uns in die Nase. Ich stinke nach Großmutters Tod. Nach Jahren haben wir das vergessen. Aber nie wieder jemanden unter Federbetten begraben.

Zbyszek hat eine elektrische Säge mitgebracht. Dass die zu stumpf ist und verrostet, hat er nicht vorher gemerkt. Wir haben alle Äxte mit. Die Äxte unserer Väter. Wir schärften sie in den letzten Tagen, jetzt könnten wir mit ihnen Kühe teilen. Der Schnee

seufzt unter unseren Stiefeln. Es ist dunkel. Nur die Glut unsrer Zigaretten glimmt. Unsere Hände sind hart.
    Wir tun dies nicht zum ersten Mal. Niemand hat es uns erlaubt, aber wir müssen für unsere kalten Öfen sorgen. Wir laufen stumm hintereinander her, den Weg kennen wir schon. Auf dem Hügel am zweiten Baum rechts, dann kommt eine Schneise. Dort rüber und zur nächsten Lichtung. Da stehen starke, schlanke Birken. Sie sind nicht so hoch wie die Kiefern und das Holz ist weich, wir schaffen es in zwei Stunden bis nach unten. Radek setzt die Axt an und Bolek auf der anderen Seite. Zbyszek und ich gehen zum nächsten Baum. Mein Bruder passt auf. Stumpfes Schlagen, irgendwas schreckt aus dem Gebüsch auf. Von meinem Bruder sieht man nur rote Glut, nur ein Pünktchen.
    Er hustet und spuckt aus. Wir schlagen abwechselnd, ohne Taktgefühl. Der Baum wehrt sich nicht, aber manchmal ächzt der Wind in der Rinde. Unsere Äxte pfeifen. Die Stämme sind dünn, schnell haben wir sie umgehauen. Dann zerhacken wir sie. Mein Bruder holt die Säcke raus. Jeder wird einen Sack zu seinem Ofen nach Hause tragen. Den Rest lassen wir liegen.

Meine Schwester, der Hefekloß, sitzt in der Küche und weint. Sie schaut sich einen alten Spielfilm an. Der Mann sagt zu der Frau, da, wo ich hingehe, kannst du nicht mitkommen. Darauf schluchzt meine Schwester dicke Tränen. Sie rotzt in ihre Schürze. Sie will gar nicht wahrhaben, dass wir wieder da sind.
    Wir stellen die zwei Säcke mit Holz am Ofen ab und schreien, sie solle jetzt lieber anheizen, wir haben Hunger. Sie gehorcht nicht. Mein Bruder haut ihr eine runter. Sie schreit laut auf und bewegt sich langsam vom Stuhl hoch. Verrotzt holt sie das Holz aus den Säcken.

Seit Vaters Tod, oder seit er nicht mehr war, kümmerte sich mein Bruder um uns. Er ging auf Arbeitssuche. Er suchte Arbeit beim Schmied, beim Bäcker, beim Schneider, sogar beim Friseur. Keiner wollte ihn nehmen. Du stinkst doch, du bist doch zu jung, du bist doch der Sohn von dem Verrückten Rasims, mit so einem wollen wir nichts zu tun haben. Dass ihm das einfällt, nichts als betteln können die. Dass da ein Fluch ist in der Familie, meinten andere. Zigeuner bringen Unglück ins Haus.

Irgendwann hat er es satt. Er kann nicht mehr fragen, sein Mund ist schmal wie ein Strich. Er verkauft Mutters Hochzeitsgeschenk und baut einen Hühnerstall, zwanzig Hühner, ein Hahn. Vor dem Haus legen wir wieder einen Garten an. Wir pflanzen Gurken an und Tomaten. Was wir nicht essen, verkaufen wir auf dem Markt.

Mutter verzeiht das mit dem Silber nicht. Aber sie sagt nichts. Innerlich schimpft sie über Vater, der eigentlich nicht tot ist. Für uns ist er so gut wie tot. Für Mutter besonders; wenn wir frieren, wenn Großmutter nachts wie am Spieß schreit, wenn meine dicke Schwester hungrig ist. Wir reden mit keinem ein Wort darüber. Es reicht, dass wir es wissen.

Großmutter hat die Zigeuner immer verflucht. Als sie stirbt, begraben wir sie unter dem Schnee im Garten. Der Boden ist hart gefroren. Sie liegt nicht tief.

Meine Schwester wird einen Kuchen backen, wir haben etwas Mehl, Milch und Hefe gegen unsere Eier eingetauscht. Zuerst macht sie einen Hefeteig, drückt ihre Fäuste hinein, knetet ihn geschmeidig. Ihre flache Hand klatscht wie auf einem Kinderpopo. Sie legt den Teig für eine Stunde ins Regal, damit er aufgeht. Unter ihren Fingernägeln ist weißes Mehl. Ihr schwarzes Haar hat weiße Strähnen.

Und was wirst du machen?, fragt Radek. Wir hocken vor der Schenke. Es ist kalt. Wir tragen dunkle Pudelmützen. Aus der Kneipe kommen Rufe, weinerliches Klagen, einer spielt »Wein nicht, wenn ich fortgehe« auf der Mundharmonika. Er spielt falsch, der Atem geht ihm an den entscheidenden Stellen aus.

Ich weiß nicht, sage ich, ich werde in die Stadt gehen. Mein Glück versuchen.

Er fragt, wo mein Bruder ist. Weiß nicht, sage ich, bin ich meines Bruders Hüter?

Wir lachen. Ich bin betrunken. Radek gibt einen aus. Unsere Münder werden streng.

Ich ziehe an der Zigarette. Es zieht kalt von der Erde auf.

Ich werd zum Teufel gehen, sage ich und stehe auf.

Radek hockt weiter vor der Schenke. Mein linker Stiefel hat ein Loch, das Gummi quietscht, Nässe kommt in den Schuh, meine

Fußspitze ist schon ganz durchnässt. Ich glucke und quietsche beim Laufen.

Als es Frühling wurde, kam die Großmutter unter dem Schnee hervor. Sie war grün und ganz klein, sie war geschrumpft wie beim falschen Waschgang. Die Hühner entdecken sie zuerst. Sie springen auf ihr herum und picken an den gestickten Blumen ihres Nachthemdes. Der Hahn sitzt auf ihrer Stirn und kräht. Bis die Erde auftaut, bedecken wir ihren Körper mit himmelblauer Plane und schnüren sie fest.
Da liegt Mutter schon im Federbett und schwitzt.
   Ein leichtes Fieber, sagt der Arzt. Er streicht sich die Strähne aus der Stirn, für sein Alter sieht er noch ganz gut aus. Erschöpfung. Die Vitamine fehlen. Meine Schwester kocht Zitronentee. Mutter trinkt.
   Sie muss viel trinken, sagt der Arzt noch auf der Türschwelle. Eine Kanne nach der anderen bringen wir ihr den Tee ans Bett. Ich gehe noch mal Zitronen holen. Alle Zitronen aufkaufen.

Ich bin betrunken. Heute werde ich gehen. Werde ich in die Stadt gehen? Werde ich zum Teufel gehen? Ich will den Lauf des Flusses bis zum Schluss verfolgen, will mich in den rosa Schaum setzen und davontragen lassen. Ich habe noch nie das Meer gesehen. Ich habe es im Fernsehen gesehen. Aber nie in Natur und nie in Farbe. Ich werde Seemann, mich rumtreiben, von einer Weltkante zur nächsten. In meinen Augen ist Mehl, ich glucke und stolpere, man kann die Hand vor Augen nicht mehr sehen. Irgendwo bellt ein Hund. Ja, die Pappeln, kahl. Die Pappeln, sage ich laut. Der Hund jault. Ich merke die Kälte nicht mehr.

Die Zitronen waren mickrig und weich. Niemand hatte noch Zitronen in diesem Dorf. Dann ging es alles ganz schnell. Sie kamen und holten sie ab. Da kann sie schon nicht mehr aufstehen. Der alte Blasicki hockt am Zaun, der Schäferhund zu seinen Füßen hechelt. Die Sonne blinkt in die Scheiben. Wir sagen nichts. Im Garten sprießen die Krokusse. Die Hühner gackern am Stall. Der Hahn kräht. Später werden wir ihm den Hals umdrehen. Die Pappeln sprießen, noch sind es blutjunge grüne Kokons. Es werden viele, sie werden sich zu einem klatschenden Meer steigern, in alle Richtungen, unbesorgt für eine Saison voller Leben, bevor es wieder kalt wird.

Ich stolpere. Das Herz schlägt viel zu laut. Ich will das nicht mehr hören. Ein Wagen kommt angerast. Eine Meile vor mir. Ich sehe grünes Licht weit hinten, es ändert sich, wird orange. Der Hund jault. Geh doch zum Teufel, sage ich. Ich gehe auf einem unsichtbaren Strich. Ich spüre die Kälte nicht mehr. Hinter mir hupt es. Ich gehe, solange ich kann, solang meine Füße können. Sie werden weich wie Hefeteig. Das Herz schlägt. Wieso muss das Herz so laut schlagen. In meinen Augen ist Mehl. Ich sehe nichts mehr. Dann bin ich weg.

Julia Powalla
Henni

Eigentlich wäre ich gerne mit Paul alleine an den See geradelt. Als er mich heute morgen auf dem Schulhof fragte, ob ich mitkomme, wäre ich ihm am liebsten um den Hals gefallen. Aber ich presse meine Arme an den Körper und sagte, dass ich versprochen hätte, auf Henni aufzupassen. Paul zuckte die Schultern und sagte: »Dann nehmen wir ihn halt mit.«

Paul schob Henni den ganzen Weg; manchmal lehnte er sich auf die Griffe und ließ Henni zurückkippen. Ich war kurz davor, Paul zu stoppen. Aber Henni fand es lustig und so lachte ich mit.

Henni sitzt in Kutscherhaltung neben uns auf der Picknickdecke und schaut seinen Fingerkuppen zu, die sich zwischen die Finger der anderen Hand legen. Ich hebe sein Kinn an, das auf die Brust gesunken ist; Mama hat ihn wieder unsauber rasiert.

»Der Henni ist klug«, sagt Paul, »der spielt mit seinen Fingern und ist glücklich, oder, Henni?«

Henni nickt und sagt, »I-ich bin klu-ug.«

Paul setzt sich vor uns und schneidet Fratzen. Eine Weile beobachtet Henni ihn fasziniert, dann drücke ich ihm seinen Stoffhasen in die Hand und winke Paul, dass er mitkommt, setze mich an den Rand des Ufers und lasse die Beine ins Wasser baumeln. Er setzt sich neben mich und langt nach glatten Steinen, um sie übers Wasser zu flippen.

Paul hat mit seiner Familie ein Jahr lang in Australien gelebt. Erst seit zwei Wochen wohnen sie wieder in unserer Straße. Ich will ihn unbedingt über Kängurus ausfragen, aber das wäre kindisch.

Einer von Pauls Steinen berührt fünf Mal den Wasserspiegel, bevor er untergeht. Paul hält mir einen Stein hin. Ich nehme ihn schnell entgegen und schaue weg, auf den See. Paul macht es mir noch einmal vor. Ich schaue ihm zu, schaue ihn an, als er den Kopf wendet und lächelt; viel zu hastig werfe ich den Stein. Ich weiß schon vorher, dass er gleich untergehen wird. Der Stein durchdringt die Wasseroberfläche mit einem Plopp und sinkt dem Grund entgegen. Ich grinse und zucke die Achseln. Paul gibt mir noch einen Stein und rückt näher. Ich schöpfe etwas Wasser aus dem See, um mein Gesicht zu benetzen, damit es nicht so rot aussieht. Paul will die Hand mit dem Stein in seine nehmen, ich sehe sie, ich sehe seine Hand näher kommen, sehe ihm in die Augen.

Paul legt die Hände wieder ins Gras und stützt sich darauf ab.

»Versuch mal, den Winkel kleiner zu machen«, sagt er.

»Ich bin total schlecht in Geometrie«, sage ich.

Ich frage mich, warum wir uns immer noch anschauen, und weiß nicht, was ich tun kann, außer zu lächeln.

»Cla-audi!«

Ich drehe mich um. Henni streckt mir von der Picknickdecke aus ein halbzerrupftes Gänseblümchen entgegen. Sein Schoß ist voll Gras und Erde.

Ich laufe zu ihm rüber und helfe ihm aufstehen, klopfe die Erde von seiner Hose und setze uns beide wieder auf die Decke.

Vielleicht ist es noch zu windig, um schwimmen zu gehen. Das Wasser ist warm genug, aber man würde den Kopf nicht eintauchen, sonst müsste man später die nassen Ohren in den Wind halten.

»Sollen wir?«, fragt Paul, als könne er Gedanken lesen.

Ich wiege den Kopf hin und her, was Paul wohl nicht mitbekommt. Er ist schon dabei, sich auszuziehen. Irgendwann merke ich, dass ich schon länger auf das Muttermal an seinem Rücken starre. Ich hebe Hennis Kopf mit beiden Händen.

»Henni, wir gehen schwimmen. Ins Wasser. Willst du mitkommen, baden?«

»Ba-den«, wiederholt er begeistert.

Während ich ihm den Pullover über den Kopf ziehe, bleibt er unter dem Kinn hängen, das wieder auf die Brust gesunken ist, sodass ich ihn etwas würge, als ich weiter daran herumziehe. Er beginnt sogleich, um sich zu schlagen.

Paul steigt in den See, steht bald bis zur Hüfte darin und lässt seinen ganzen Körper hineinfallen. Nachdem ich mich selber umgezogen habe, helfe ich Henni, sich an den Rand der Grasaue zu setzen, und führe seine Füße ins Wasser. Er quiekt, denn es ist kühl. Dann helfe ich Henni in den See. Der Grund ist mit Algen bedeckt. So dauert es eine Weile, bis Hennis zappelnde Füße

Halt finden. Wenn ich ihn unter den Schultern festhalte, kann er sich gerade halten und ein paar Schritte gehen. Paul ist zwischen meine Beine getaucht und hebt mich auf dem Rücken aus dem See, richtet sich auf und lässt mich wieder hineinfallen. Ich strecke den Kopf aus dem Wasser und blicke mich nach Henni um. Paul klatscht aufs Wasser, ich kneife vor den Spritzern die Augen zu. Es dauert, bis er begreift, und wir beide Henni suchen. Als wir seinen Kopf wieder an die Oberfläche bringen, hustet er und spuckt Wasser.

»Blödmann!«, sage ich zu Paul.

Henni keucht und schreit.

Als wir ihn ans Ufer bringen und in ein Badetuch wickeln, entschuldigt sich Paul betreten. Während wir uns anziehen, sieht er mich kaum an.

»Paul! Was machst du denn hier?«

Hinter uns halten Fahrräder. Ein dicker Junge, bestimmt ein paar Jahre älter, grüßt Paul mit Handschlag. Mit ihm haben zwei Mädchen gehalten. Die eine kommt mir bekannt vor, sie hat rotblonde Haare, welche um ihr Gesicht in kleinen Wellen zur Seite abstehen, und mit pastellfarbenen Spangen zusammengehalten werden. Die andere ist kleiner und dunkelhaarig.

»Für di-ich«, sagt Henni und reicht mir ein Grasbüschel. Die Jungen unterbrechen ihr Gespräch für einen Moment, runzeln die Stirn und fahren fort, Witze über die italienische Fußballmannschaft zu machen, bis die zwei Mädchen beginnen, ihre Räder gegen die Speichen des Jungen zu stoßen.

»Setzt euch doch«, sagt Paul, woraufhin der dicke Junge sein Fahrrad als Erster ins Gras fallen lässt.

»Jannik«, stellt er sich vor und redet weiter mit Paul.

Die Mädchen wechseln verwirrte Blicke und folgen ihm.

»I-ich bin He-enni«, sagt Henni und zeigt auf mich, »da-as ist Cla-audi.« Die Mädchen grinsen. Beide sehen mich flüchtig an. Die Kleinere hat sich die Augen mit dicken schwarzen Linien ummalt. Als ich ihr zunicke, senkt sie den Blick und lässt sich von der Rothaarigen etwas ins Ohr flüstern.

Sie ziehen sich aus, die Bikinis haben sie darunter schon an, und legen ihre Jeans und Shirts gefaltet auf einen Stapel.

»Katja«, ruft Jannik und die Rothaarige dreht sich um, »wartet mal.«

»Dann komm doch«, sagt sie, tunkt einen Zeh ins Wasser, quiekt, und steigt schnell in den See. Die Kleinere folgt ihr.

»Ist das Wasser kalt?«, fragt Jannik und sieht mich an. Ich nicke.

»Es geht«, sagt Paul.

»Und wie kennt ihr euch?«, sagt Jannik und schaut von mir zu Henni.

»Wi-ir sind Freu-eunde«, sagt Henni.

Jannik lacht.

»Ja«, sage ich, »wir sind Freunde.«

»Ich meine, du wohnst bei Paul in der Straße, oder?«

Ich nicke.

Paul liegt auf dem Rücken und hält einen Arm als Sonnenschirm über die Augen.

Jannik bietet uns Schokoriegel an. Henni greift danach, braucht aber meine Hilfe, um das Papier abzumachen.

Jannik schwärmt vom Segeln. Von den Möwen, dem Nervenkitzel im Sturm, wenn das Deck nass ist. Einmal sei er darauf ausgerutscht und mit dem Kopf gegen den Anker geschlagen. Er dreht mir den Kopf entgegen, dass ich zurückweiche, und zeigt mir die Narben an seiner Schläfe.

»Macht dir das Angst?«

Ich antworte nicht. Paul setzt sich auf.

»Ich muss mal die Weiber ärgern gehen«, sagt er und zieht sich wieder aus. Auf seinem Rücken zeichnen sich die Wirbel ab. Als er wieder in die Badehose schlüpft, lacht Jannik. Vielleicht lacht er über irgendetwas anderes, aber ich fühle mich ertappt, und lasse auf Janniks Seite die Haare neben mein Gesicht fallen, das bestimmt wie eine Tomate aussieht.

Paul schwimmt den Mädchen nach, während Jannik noch ein paar Schokoriegel aus dem Rucksack holt und mir einen reicht, den Henni mir wegschnappt.

Jannik sieht Paul hinterher, der die beiden Mädchen mit Wasser bespritzt, feuert ihn an, »Mach sie fertig!«, und wendet sich wieder seinem Schokoriegel zu.

»Du wärst bestimmt ein guter Matrose«, sagt er knabbernd, »bist ja nicht so klapprig wie die meisten Mädels.«

Er klopft mir auf die Schulter. Ich rücke ab.

»Mein Onkel hat eine Yacht«, sage ich, »wir segeln immer auf dem Ijselmeer.«

»Warum sagst du das erst jetzt?«
»Womit hättest du sonst angeben können?«
Jannik spuckt neben sich ins Gras.
»Ich dachte, du wärst nicht so ne Zicke.«
Wir schauen beide auf den See, wo die Mädchen gemeinsam Paul untertauchen.
Als sie aus dem Wasser steigen, hebt Paul Katja auf die Schultern. Sie hämmert vorsichtig auf ihn ein.
»Lass mich runter!«
Henni streckt die Arme nach Paul aus und ruft: »Ich a-auch!«
Die Kleinere steht stocksteif daneben, blinzelt und versucht zu grinsen, indem sie einen Mundwinkel hochzieht. Um ihre Augen ist die Schminke weggespült worden und hat verwaschene Reste auf ihren Wimpern hinterlassen.
Als Paul Katja zu kitzeln beginnt, würgt sie ihn, indem sie die Arme um seinen Hals schließt, und springt herunter.
»Da merkt man wieder«, sagt Jannik, »dass Katja früher Judo gemacht hat.«
Katja grinst und befestigt eine Haarspange neu. Dann halten die Mädchen sich abwechselnd ein Handtuch als Vorhang, hinter welchem sie sich umziehen. Als sie sich nebeneinander auf ein Badetuch setzen, ein Stück entfernt von unserer Decke, weist Katja Paul den Platz neben sich zu. Da das Badetuch nicht besonders groß ist, berühren sie sich zwangsläufig an der Seite wie in einem vollen Bus. Zwischen Paul und mir ist der Kreis unterbrochen. Auf der anderen Seite füllt Jannik die Lücke zwischen Henni und Katjas Freundin.
Henni lehnt den Kopf an meine Schulter und ich kraule ihn.
»Eigentlich müssten wir jetzt ein Spiel machen«, sagt Jannik.
»Plumpssack«, witzelt Paul.
»Ja«, sagt Jannik, »fang mich, Henni!«
Er grinst, schaut zu mir, sagt, »O«, als habe er vorher vergessen, dass ich da bin, oder als bemerke er erst jetzt, was er gesagt hat.
Die Kleine mit der verwischten Schminke flüstert Katja etwas ins Ohr.
»Was denn?«, fragt Paul.
Die Kleine zieht eine große Flasche aus dem Rucksack, die mit knallpinker Flüssigkeit gefüllt ist und reicht sie rund. Jeder nimmt

einen Schluck. Jannik hält die Flasche schräg nach oben und verdreht die Augen, um so zu tun, als wolle er sie alleine leeren.
»Ich a-auch«, sagt Henni.
»Nein«, sage ich, »das schmeckt nicht. Guck, ich trinke auch nichts davon.«
Henni verzieht das Gesicht und ich hole den Saft aus der Tasche und biete ihm davon an.
Henni stößt die Saftflasche weg, die anderen fangen an, Witze zu machen, und lachen, was Henni nur noch mehr aufbringt.
»Ihr habt ja keine Ahnung wie das ist, wenn man sich nicht alleine bewegen kann«, sage ich und es wird kurz still.
Jannik schaut wie vorhin, als er »O« sagte und sieht wie eine Comic-Figur aus.
Ich nehme Henni in den Arm, flüstere ihm ins Ohr und kraule ihm den Nacken. Inzwischen sind mehrere Flaschen im Umlauf. Paul und Katja haben die Arme verhakt und trinken Brüderschaft. Plötzlich heult Henni neben mir auf. Ich atme tief.
»Ist doch nichts passiert, Henni«, sage ich, und die Mädchen beginnen prustend zu lachen.
Henni zappelt und Jannik weicht seinem Schlag aus.
»Hör auf, Henni«, sage ich laut, »langsam reicht es.«
Ich versuche, ihn festzuhalten, und bemerke erst jetzt das Klebkraut unter seinem Hemd.
Die Mädchen lachen laut auf, Jannik verfällt wieder in sein Comic-Gesicht; ich gehe auf Jannik zu, hocke mich vor ihn und packe ihn an den Schultern. Er ist viel größer als ich, hat aber nicht damit gerechnet und reagiert nicht sofort, als ich ihn an den Schultern rüttele. Paul aber ist schon aufgesprungen und zerrt mich von hinten in den Stand.
»He«, sagt er, »war doch nur Spaß.«
Er drückt mir die Arme gegen den Rücken. Katja baut sich vor mir auf und hält mir die Flasche mit der pinken Flüssigkeit entgegen.
»Wollten wir nicht spielen?«, sagt sie. »Hier, probier mal.«
Sie drückt mir den Flaschenhals an die Lippen. Die Flüssigkeit tropft auf den Boden.
»Bah«, macht die Kleine.
Katja weicht zurück.

»Woher weiß die eigentlich, wie das ist, wenn man sich nicht allein bewegen kann?«, fragt sie.

»Ja«, Jannik lacht wieder, »ich glaube, das möchte sie gerne mal erleben.«

Er schaut sich um, bis sein Blick auf das dicke Gummiseil fällt, mit dem ein Korb am Gepäckträger befestigt ist. Pauls Griff bleibt um meine Arme geschlossen. Sein Körper ist nah hinter meinem, aber ich kann mich nicht umdrehen, um sein Gesicht zu sehen. Ich schlucke und stelle fest, dass mein Mund ganz ausgetrocknet ist.

Henni schreit, während Jannik den Gepäckspanner um meine Arme bindet und Katja mir Taschentücher in den Mund stopft, welche die Freundin ihr anreicht.

»Psst«, sagt Katja plötzlich, »ich glaub, da war was.«

Paul drückt mich auf den Boden und Jannik hält Henni den Mund zu. Eine Weile ist es still. Aber niemand kommt. Nicht einmal entfernt sind Schritte zu hören.

»Und wenn später einer kommt?«, sagt die Kleinere.

Jannik zuckt die Achseln, »Wir können sie in den See schmeißen!«

Die Mädchen lachen nicht mehr mit.

»Pass auf, wir hauen jetzt ab und es ist nichts passiert«, sie sieht mich an, »gar nichts, kapiert?«

Die Mädchen raffen ihre Badetücher zusammen und springen auf die Räder.

Jannik bindet mich wieder los, schmeißt die angefangene Packung Schokoriegel in seinen Rucksack und nimmt Paul auf dem Gepäckträger mit.

Als sie sich entfernen, spucke ich die letzten Taschentücher ins Gras. Erst jetzt bemerke ich die Tränen auf Hennis Gesicht. Dass er ganz still geweint hat, wie ein Erwachsener.

Sabine Raml
Gute Tage

Der Frühling macht melancholisch, dachte ich, als ich neben Hendrik herlief. Wir umrundeten einen mittelgroßen See im Berliner Umland, wir umrundeten ihn bislang schweigend, alles, was Hendrik von Zeit zu Zeit von sich gab war ein unwilliges Schnaufen oder ein gepresstes »Bitte«, wenn er einem Radfahrer Platz machen musste. Der Frühling hatte alle hinausgetrieben, bunt gekleidete Menschen liefen oder fuhren an uns vorbei, sie lachten und die Frauen strichen sich verführerisch durchs Haar, während ihnen die Männer eine Hand auf den Hintern legten. Warum macht mich der Frühling eigentlich melancholisch, fragte ich mich, denn es gefiel mir nicht, dass er das tat, ich wollte auch lachen und flirten und den Tag genießen. Einen Moment spielte ich mit dem Gedanken, meine Frage Hendrik zu stellen, wir hätten ein Gesprächsthema, vielleicht hätte er sogar eine Antwort für mich, doch dann stellte ich mir vor, was er sagen würde, und ließ nur stumm meinen Blick übers Wasser schweifen. Stilles Wasser, Boote durften hier nicht fahren und zum Schwimmen war das Wasser noch zu kalt. Sehnsucht, war es das, was ich fühlte, als ich mich zu Hendrik drehte, eine seitliche Drehung, bei der ich den Halt verlor und ausrutschte? Ich fiel langsam, fast so langsam wie damals bei meinem Unfall, acht Jahre war das schon her, wie schnell die Zeit doch vergeht. Ich wurde ganz ruhig damals, ich fiel wie in Zeitlupe und dachte, wie schön, gleich ist es vorbei, gleich ist es ruhig und friedlich und die Schmerzen sind weg. Danach war nichts mehr wie vorher gewesen und genau daran dachte ich jetzt, als ich fiel, Hendrik griff noch nach mir, seine Hand schwebte hilflos. »Aua«, sagte ich nur. Es war der erste Blick an diesem Tag, den wir uns zuwarfen, er flog wie ein Ball zwischen uns hin und her, Hendriks Gesicht war plötzlich ganz rot vor Aufregung.

»Deine schöne Hose«, sagte er und ich schaute auf mich und meine schöne Hose herab, weiß war sie, es war schließlich Frühling, und nun hatte sie halt ein Muster, meine schöne Hose, ein

bisschen braun und grün gefleckt, wie kleine Blumen, die bald blühen, dachte ich.
»Hauptsache, du hast dir nicht wehgetan.«
Und wieder fing ich Hendriks Blick auf. Das Blau seiner Augen überraschte mich. Ich befühlte meine Beine, erst das rechte, dann das linke, ließ eine Hand in Hendriks gleiten und stieß mich mit der anderen vom Boden ab.
»Und, geht's?«
Ich biss mir auf die Lippen und nickte nur. Zurückgehen kam nicht in Frage, wir hatten den See bereits zur Hälfte umrundet, außerdem wollte ich Hendrik nicht den Spaß verderben, er arbeitete schwer, auch kurz vor der Rente, gerade kurz vor der Rente. »Sie nehmen mich noch mal richtig ran«, sagte er oft, wenn er abends später und völlig übermüdet nach Hause kam, und ich hatte Probleme, mir das bildlich vorzustellen, das richtig rannehmen, denn mehr gab Hendrik von sich und seinem Leben schon lange nicht mehr preis.
Ich blieb ein wenig hinter Hendrik, damit mein Humpeln nicht auffiel, er bemerkte es nicht, er lief immer ein, zwei Meter vor mir und ich musste mich bemühen, Schritt zu halten mit ihm. Sein Rücken, das fiel mir auf, war schmaler geworden mit den Jahren, und er ging leicht gebückt. Zehn Jahre noch, dachte ich, und er wird ein alter Mann sein, doch ich verdrängte diesen Gedanken, denn in zehn Jahren würde ich eine alte Frau sein.

Eine Frau, ein Mann, ein Kind, ein Hund. Der Hund war noch jung, er sprang etwas tollpatschig am Stuhlbein hoch, das Kind, ein Mädchen, ließ vor Lachen die Gabel fallen, die Köpfe der anderen Gäste schnellten umher und wieder zurück, schnell und ungehalten. Wir bogen in den Biergarten, der versteckt hinter der Gaststätte direkt am See lag, die weit geöffneten Fenster, alle Gäste saßen draußen und suchten den Himmel sehnsüchtig nach was auch immer ab. »Ich habe Hunger«, hatte ich zu Hendrik gesagt und er hatte seine Augenbrauen nach oben gezogen, aber nach einem Blick auf mein Humpeln genickt. Wir wussten beide, dass ich Schmerzen hatte, nie machten wir sonst Rast auf unseren Wanderungen. »Wir essen am liebsten zu Hause«, pflegte Hendrik zu sagen, so oft, dass ich mich ertappte, wie ich diesen Satz weitergab. Stille Post alter Ehepaare, dachte ich, als wir uns an den letzten freien Tisch setzten, natürlich stand er direkt neben dem Toilettenhäuschen und die Tür ging auf und zu und all die gutgelaunten Menschen konnten gar nicht anders, als mir ins Gesicht zu sehen und ich war froh, dass ich nicht wusste, was sie bei meinem Anblick dachten, noch konnte ich den Eindruck, den sie von mir bekommen würden, beeinflussen. Ich lächelte und dabei fiel mein Blick auf die Frau, den Mann, das Kind und den Hund. Ich könnte etwas sagen zu Hendrik, irgendetwas, einen Satz, ein Wort nur, alles wäre wahr und doch gelogen. Und Hendrik schaute auch zu ihnen, seine Augen ruhten auf dem Mädchen, es hatte blonde Zöpfe, wie unsere Lena, erinnerst du dich, wollte ich fragen, doch da kam gerade die Bedienung und ich war froh darüber. Sie schaute auf meine Beine, natürlich, die Hose, sie war dreckig.

»Ich bin gestürzt«, sagte ich und spürte, wie mir langsam die Röte ins Gesicht stieg. Die Frau schüttelte mitfühlend den Kopf. »Das macht doch nichts. Kann ich Ihnen etwas Gutes tun?«

Etwas Gutes tun? Bevor ich antworten konnte, bestellte Hendrik zwei Bier und zwei Tagessuppen, die Frau sah mich fragend an, ich nickte.

»Musst du dich immer entschuldigen?« Hendrik zischte mir die Worte entgegen, sie trafen mich wie ein Schlag und tatsächlich zuckte ich ein wenig zusammen. Der Schmerz wanderte in Richtung Herz und ich stellte ihn mir als Zecke vor, er würde sich verbeißen und vollsaugen und erst Ruhe geben, wenn er alles Leben aus meinem Herzen geklaut hätte. Hendrik sah meine Wut und meinen Schmerz und meine Scham, er kannte mich seit neununddreißig Jahren.

»Und, tut es immer noch weh?«

Seine Stimme klang nun versöhnlich, aber das klang sie in letzter Zeit häufig, ja, es stimmte, wir stritten beinah täglich, ich war froh, wenn morgens hinter ihm die Tür ins Schloss fiel, nein, ich konnte mir beim besten Willen nicht vorstellen, wie das werden sollte, wenn er in wenigen Wochen in den Ruhestand gehen würde.

»Geht schon«, beruhigte ich ihn, Besorgnis zeichnete sich auf seinem Gesicht ab und ich wünschte mir eine offene Wunde, etwas, was ich Hendrik vorzeigen könnte, ich könnte sagen: Hier, schau mal, und er würde auf die Wunde pusten und sie küssen und später auswaschen und verbinden und bedauern. Doch da war nichts zum Vorzeigen, da war nichts als eine dreckige Hose und etwas abgeschürfte Haut, Hendrik hatte sicher nur Angst, dass wir den See nicht ganz schaffen würden.

Der Vater setzte den kleinen Hund auf den Schoss des Mädchens. Das Mädchen weinte. Die Mutter hob hilflos beide Hände, als wollte sie sich ergeben und fragte das Mädchen, was denn los sei.

»Ich will nicht, dass er fällt« antwortete es mit zu heller Stimme und wischte sich mit dem Pulloverärmel den Rotz aus dem Gesicht.

Hendrik lachte vor mir.

»Wie unsere Lena«, sagte er und da saugte sich die Zecke endgültig an meinem Herzen voll.

»Ja, wie unsere Lena.«

Die Bedienung brachte das Bier und die Tagessuppe, pürierte Kartoffeln mit Lauch, und sie legte eine kleine Tafel Schokolade vor mir auf den Tisch, auf der ein Pflaster abgebildet war. »Als Trost«, sagte sie und als ich sie ansah, zwinkerte sie mir lächelnd zu und verschwand an den Tisch eines alten Mannes mit Sonnenbrille und Hut.

Ich drehte die Schokoladentafel in meiner Hand. »Das ist aber nett«, sagte ich zu Hendrik, der bereits an seiner Suppe löffelte. Ich sagte es, ich dachte es, fühlte es aber nicht. Als ich der Meinung war, die Tafel lange genug gewürdigt zu haben, legte ich sie zur Seite, trank von meinem Bier und aß die Suppe, die nur noch lauwarm war. Mein Knöchel schmerzte, das Pochen wurde heftiger, drängender. Hendrik musste morgen arbeiten, ich könnte zum Arzt gehen, ohne dass er etwas davon mitbekam. Ich könnte Lena anrufen, obwohl … wenn ich an Lena dachte, fiel mir immer gleich Nelly, meine Freundin, ein. Kein Treffen, kein Gespräch endete ohne ihren Lieblingsspruch: »Bevor ich meinen Kindern oder sonst wem zur Last falle, jage ich mir eine Kugel in den Schädel.« Peng, klopfte es in meinem Kopf oder Herz oder Knöchel. Das Mädchen. Tatsächlich war ihr Haar blond wie das von Lena. Und Jan hatte ihr Haar geerbt, doch Jan war weit weg, er studierte in Amerika, er war weiter weg als Lena, die am anderen Ende der Stadt wohnte. Wusste Hendrik das eigentlich? Dachte er je darüber nach? Wir saßen hier und bestaunten eine fremde Familie, ein fremdes Mädchen, wir saßen alleine hier und würden nach einem letzten Kraftakt wieder alleine zu Hause sitzen, ein Wochenendbier, die Tagesschau, der Sonntagskrimi. Das Licht löschen. Gute Nacht wünschen. Mein Ritual früher: Schlaf schön, träum was Schönes und wach morgen früh gesund wieder auf. Erst zu Lena, dann zu Hendrik. Mein Ritual heute: Nacht. Zu Hendrik. Nur zu Hendrik. Und dann auf kein Echo mehr warten, nur seinem gleichmäßigen Atem lauschen, der lauter wurde, je weiter die Nacht voranschritt, und der mich beruhigte, irgendwie.

Die Suppe war cremig, sie erinnerte mich an Babybrei, sie schmeckte so gut, dass ich gerne noch eine zweite Portion gegessen hätte, doch da fielen mir die Kalbsschnitzel ein, die Hendrik extra beim Metzger besorgt hatte, er würde sie heute noch essen wollen. Er wischte sich mit der Serviette den Mund ab und trank einen Schluck Bier. Sein Blick blieb an der Frau hängen, eine Frau, ein Mann, ein Kind, ein Hund, und da saugte die Zecke wieder, natürlich, er hatte sich gar nicht das Mädchen angesehen, er interessierte sich für die Mutter. Unauffällig musterte ich sie, ja, er hatte einen guten Geschmack, sie war hübsch, und ja, sie sah ein wenig so aus wie ich früher, die Zeit, dachte ich, wird auch an ihr nicht spurlos vorübergehen, sie wird ihrem Mann gegenübersitzen in zwanzig Jahren und er wird eine andere Frau anstarren, die seine Tochter sein könnte. In unserer Nachbarschaft erzählte man sich nichts lieber als Geschichten von Paaren, die sich noch nach der goldenen Hochzeit trennten, erst letztens war die alte Sieglinde aus dem Bauernhaus ausgezogen, seitdem sah man ihren Mann Herbert nur noch kopfschüttelnd mit einer Schnapsflasche umherirren, manchmal war seine Hose vorne verdächtig nass oder er lief barfuss durch den Regen. Ob Hendrik sich so etwas vorstellen konnte? Ob er auch von diesen Geschichten erfuhr? Wir redeten schon lange nicht mehr über so was. »Kleinkram«, hatte Hendrik mir vor Jahren vorgeworfen, »Hausfrauenkleinkram«, seitdem waren meine Tage auf seine Nachfrage hin nur noch gut. Nichts weiter. Ein guter Tag. Gute Tage. Mein Leben ist eine Aneinanderreihung guter Tage, hörst du Hendrik? Und Hendrik sah an mir vorbei, seine Augen wurden immer größer, der Hund hatte dem Mädchen auf den Fuß gepinkelt, das Mädchen schrie, der Vater schimpfte, die Mutter lachte. Das, dachte ich, hat es bei uns früher nicht gegeben, schade eigentlich.

»Stell dir vor, der Köter hat das Mädchen angepisst.«
Hendrik beugte sich so nah zu mir, dass ich sein After Shave riechen konnte, das war seit Jahren nicht mehr vorgekommen. Morgens, nachdem er das Haus verlassen hatte, legte ich mich manchmal aufs Bett, auf seine Seite, und roch an seinem Kopfkissen. Im Schrank, ganz unten, lagen noch zwei Pullover von früher, die zog ich hin und wieder über und betrachtete mich damit im Spiegel. Mit Nelly tanzte ich sogar Tango, Nelly war der Mann, ich die Frau, wir tanzten und lachten und ich sagte zu Nelly: »Hendrik, mein Schatz.«

Wir gingen wie immer: unauffällig, leise, ein wenig scheu. Die Schokoladentafel hatte ich neben das Geld gelegt, in Gedanken legte ich einen Zettel dazu auf dem stand: Ich brauche ihren Trost nicht, ihr Trost macht dick, nichts weiter. Hendrik würde später nach der Schokolade fragen, Geschenke vergaß er nie, weder die, die er bekam, noch die, die er verschenkte. Ein letzter Abschiedsblick zur Familie, das Gesicht des Mädchens prägte ich mir ein, das der Mutter vergaß ich augenblicklich und für immer. Mein Humpeln war vom langen Sitzen stärker geworden, die Sonne, mein Kopf war ganz heiß, die Haut brannte, brannte stärker als mein Herz, die Zecke war verschwunden, hatte sich vollgesaugt und war abgefallen und lag jetzt mit meinen Schmerzen unter dem Tisch, an dem wir eben noch gesessen hatten. Und als Hendrik einen Arm um meine Schulter legte, hatte sich der Geruch seines After Shaves verwandelt, er war süßlicher geworden, es war sein Geruch von früher und ich träumte einen Augenblick vor mich hin, dachte ihn mir als jungen Mann, als meinen jungen Mann, stellte ihn mir nackt auf dem Bett liegend vor, er nahm meine Hand und küsste sie und dann schaute er mir in die Augen, wie er mir noch niemals zuvor und auch niemals danach in die Augen geschaut hatte. Er sang eine Melodie, bekannt, aber vergessen, er sang leise und falsch und zwischendurch nahm er immer wieder meine Hand und küsste sie und all das geschah, nachdem ich ihm von meiner Schwangerschaft erzählt hatte, ängstlich, wir waren sehr jung damals, waren selber noch Kinder, nächtelang hatte ich keinen Schlaf finden können vor Aufregung, und dann das: Hendrik sang und küsste und war glücklich.
Ich ließ mir einen Moment Zeit, wollte diese schöne Erinne-

rung auskosten, wollte sie nicht teilen, auch nicht mit Hendrik, ich ließ mir einen Moment Zeit und sagte dann: »Wir könnten unsere Wohnung aufgeben und wegziehen, vielleicht ans Meer, du liebst das Wasser doch so.«

Hendrik blieb stehen, plötzlich, und ich sah einen Ausdruck auf seinem Gesicht, den ich nicht kannte. Er schwitzte, auf seiner Stirn tanzten kleine Schweißperlen, der Hemdkragen war feucht.

»Ich meine, wenn du nicht mehr arbeiten musst«, fügte ich hinzu, weil er nichts sagte, er schaute nur und schwitzte, ewig kam mir diese Stille vor, und ich sah wieder auf meine Hose hinab, weil ich Hendriks Anblick nicht länger ertrug. Wir liefen schweigend weiter, da lag auch kein Arm mehr auf meiner Schulter, wir liefen länger als gewöhnlich, natürlich war ich Schuld, dieser blöde Sturz und dann noch die Pause, die Tagesschau würden wir verpassen und den Tatort auch, und tatsächlich war es bereits halb zehn, als wir unsere Wohnung wieder betraten.

Ich wendete die Kalbsschnitzel in der Pfanne, in viel Butter, so mochte es Hendrik am liebsten. Im Radio spielten sie Musik von früher, alte Musik, dachte ich, und musste darüber lachen. Lenas Bild, sie hatte Jan im Arm, ganz klein war er noch, vielleicht drei, sein Haar war blonder als ihres, beide hatten meine blauen Augen. Ich schaute so lange auf das Bild, bis es zischte und dann roch ich es, ich drehte die Schnitzel schnell um, doch es war bereits zu spät, sie waren schwarz. Scheiß Tag, dachte ich und spürte, wie ich heulte, ich spürte es nur, ohne es zu tun, wer weinte denn da meine Tränen? Hendrik stand im Türrahmen und ich riss mit einem Ruck den Mülleimer auf und warf die Schnitzel hinein, am liebsten hätte ich noch hinterhergespuckt, da war Wut in mir und Trauer, diese Scheißschnitzel, dachte ich und dann sagte ich es laut: »Scheißschnitzel.«

Und Hendrik sah nicht einmal in die Pfanne oder den Mülleimer, er trat zu mir und legte seinen Kopf an meine Schulter und weinte. Gleich ist es vorbei, dachte ich, während ich sanft über Hendriks Rücken strich, gleich ist es vorbei und die Schmerzen sind weg und alles ist ruhig und friedlich.

Johann Reißer
Gedichte

fall/studien/
schnitt/schichten/
sicht/achsen/
flug/parabeln

was reste
ob & wie
schafft
im zwischen
bruch der stein
platten beim nieder
gehen der tropfen im ver
rinnen der summen
in glanz
flächen aus dem ab
fall der zer
spannungen zer
platzend sich zer
schlagend im ob
& wie getrommel
während wieder in ent
hüllungen während
wieder wider
glanz während wieder nieder
schläge zwischen guss
beton unterm wasser
fall auf gravuren zer
stieben in auf
rissen hellerer töne
verblassen als ob
& wie reste
in andere farb
kreise über
wandern

ritzungen

BCH MABZ alles knapp unter der sicht fenster
   einglasung durch den fernsehturm geritzt licht
      abweichung minimal im vorbeiziehen
gespiegelt verständigung kurz umgescheitelt
   das pailettenband in ballprinzessinnenblau zu recht
      gerückt noch einmal in der scheibe zu recht
frisiert Berliner Fenster IMMOWELT
   GENAU MEINE WELT Demnächst Bruce
      Eure Styling Show darunter rollt n roll
stuhl weg behängt mit tüten HIER WOHNT DER KLEINE
   PREIS liebe fahrgäste RAB
      BLUEZ mit dickem marker GESCHICHTS
REVISIONISMUS BEKÄMPFEN mehr infos unter www.dielage
   checkt.de r flinke-blick.de r dealer.de r pickup-spezialisten.de
      r schwarzfahrer aufgepasst ICH ALS HAUS
WÜRDE IHNEN EMPFEHLEN zurückbleiben
   bitte amtssprache vom band leier
      los hey musst du hörn voll geil in der scheide
wand scheint kristallklar
   meerblau ALLIANZ terrorterror berlin alter weiste
      was sonne kauleiste eigentlich kostet sag ick
bin hier immadaniggawa na dann wir
   telefonieren rotblau real,-
      alter ist so geil schau mal sieht man voll
das gesicht mit klappernden lidschlag
   die richtungsanzeigen aufm monitor umsteig
      möglichkeiten in der glaswand BITTE HINWEISE
ZU WEITEREN SAC^{K}BE^{T}HÄDIGUNGEN

mehr gleitend als fließend *markiges schwarz*
durchbrochen von stangen poliertem metall polster
muster aus den achtziger jahren weiter nichts
hinter glas nur alles anders rum zer
ritzt von tags < jedem sein lied > durch
scheinend nichts als wohncontainer
fenster schwer behängt mit leucht blink lauf licht
sternen nach dröhnend MEIN BLOCK
FUCKS U hinter gleitend sich zer
schneidenden verständigungs
flächen dröhnungen zwischen glas & stahl
bei hinter schwarz eingeklemmter
in scheiben geätzter voll aufgedrehter
stille & jetzt den stecker raus
MEINE STADT MEIN VIERTEL MEINE WELT

bläuungen

    innen & vor der glasfront
                      dämmerung mit kirchturm
    das herz von langnese wächst
                      bei abschwellendem ultramarin
    rot glühend schematisiert
                      n bäumen ein & unter
    dem dröhnen der kühlanlage
                      zerfasert licht der straßenleuchte
    büschlig auf der scheibe
                      lacht schwach das KINDL
    an der bushaltestelle
                      ohne den übergang
    zwischen schwarz & jalousie
                      zu sehen ein zartmagenta
    von der weißen decke
                      in das sichtfeld gestreut
    1ne abfärbung der lexiken
                      1ne simulation eines abendrots
    vor dem man äpfel kaut
                      & zeitung liest
    im uhrbereich der schaltflächen
                      1ne blaue stunde
            q. e. d.

weißverdichtungen auf der scheibenfront
& noch zu unbestimmt das treiben
für einträge in verzeichnisse
zu vielstellig bleiben
die summen flocken
& unbemannte fahrgeschäfte der zeit
in räumen zu eng
um mit stimmen wie tiere
dazwischen zu wohnen
  wie dein <&> dolce auf der zunge
    wendest du den blick
    & legst dich zu boden
    & bedeutest dem lichteinfall
    dinge wie spiegel
    & sagst noch vorm verstummen
    worte wie schlaf
    & noch überkommt dich keine ruhe
    es schmilzt nicht die stille
      wie dein <&> dolce auf der zunge
        wirst du es tun
        & sagst noch nicht verrat
        & sagst komm
        schreib nur weiter im weiß
        verborg dir den schrei
        & sagst frag mich
        willst du es lesen
        glaubst du mir noch nicht
        & sagst noch zu wenig
        & sagst
        nicht ich schrieb

schacht/bach

–

◡ ◡

– – –
perlen töne
aus irgendeiner suite von bach
im u-bahnschacht nach ladenschluss
strandend im klaffen wartender gesichter
gewaschen von einem tag business/shoppen
in schwarz und grau
rauschen tüten < H&M > < Orsay >
in grün und blau
branden im schachtwind toccaten/fugen
aus übersteuerten plastikboxen
ausgeführt unterm konzentrierten hornbrillenblick
< Ausgebildet am Petersburger Konservatorium >
◡ ◡ ◡ ◡
– – –
◡ ◡ ◡ ◡
prasselt messing-klimbim
im koffer aus russischem kunstleder
eindringend in das klimpern der plastiktasten
zur federlese leerer magengruben
zwischen croissantgeruch & plastik/staub
zur stillen post
zwischen befremdlicher berührtheit
& der beklemmung vor dem abendessen
eine heimsuchung verinselter resonanzkörper
bis zum verebben der bremsen *con trillo*

– – –

◡ ◡

–

ornamentik zeit dung

in pflanz fieber werk verzweigende
    schnell wachsende zeit schleifen ornamentiken
reich blühend in flechtwerken graph gewordener verlaufs
      muster wuchernd in lauf
maschen auf vier fünf sex
    blättrigen monitoren gehegt gepflegt
in exklusiven streifen krawatten netz werken
        stark verästelnd in alpha züchtungen mit blüten
weiß gleißenden krägen erster wahl
    garantiert gewachsen in hand verlesenen
system architekturen mit winter harten
      bilanzen an sprudelnden wert schöpfungs
quellen unter strengstem finanz hecken schnitt
    schon im früh beet ausschlagend der zeit dung
profit schnurrend vor fitness
      power in allen ast augen wüchsen
mit exzellenten saft konzentrats samen
    mit überwältigenden erfolgs überzeugungs trieb
mit optimalen bepflanzungs konzepten aller sorten devisen arten
    so kern gesund engagiert effizient
so wunderprächtig emporstrebend geradlinig hart
    in der wurzel schon zwitschernd
von milch honig muschi kunst tröten
      loopend in flatternden zeit muster schleifen

cybershot blütenweißer schwan in 5,0 megapixel
auflösung idylle innerstädtisches wasser
management blendend scharf aufm handy
monitor fast unbewegt der körper
über die oberfläche treibend
vorbei an spielbank berlinalepalast musicaltheater
MAMA MIA der hals voll elegant gebogen
der kopf unter den flügeln
in brillanter farbqualität einge
knickt < sorry konnte grad nicht steh vorm HYATT
voll schön hier > begrüßt vom hotelpersonal
voll gechillt vor der lobby aus blüten
weiß gestärkten krägen rauchend
    chinapfanne POTSDAMERPLATZARKADEN voll fett
    dampf über den woks und darüber in dickem goldrahmen
    qualitätsdruck bretagneküste mit kleiner pagode
    in schönsten ölfarben verläuft die küstenstraße
    mit echter chinesin sommerlich am straßenrand
    eine hand am strohhut die andre hand
    aufm MERCEDES SLK silber
    funkelnd < nr 17 bitte kross >
glitzernde bäumchen auf goldtellern
SALESALESALE im 750000LEDshimmel
und < last christmas > auf marmorfließenerden
eingeschwoft die goldanschwemmung < neue summer
collection > unterm RIESENWEIHNACHTS
BAUM mit kugelnestern im extragroßen zoom
objektiv < komm mal noch n bisschen näher ran
jetzt die strähne so zeig dich mal n bisschen
mädchen mehr lächeln die hand genau und jetzt >
    serviert im roten samtkostüm mit roter mütze BURGER
    MAINLY < extra frisch > eingeglaste dunks
    auf riesenbildschirmen FROM CHICAGO dreipunktewurf
    < live > AUS DER GOLDENEN ZEIT VON
    à la carte pin-up mädchen in stöckelschuhen
    im roten badeanzug mit der Wilson NFL
    lederbohne BEI UNS
    KANN MAN GANZ SICHER
    SEIN IST ALLES LECKER

FRISCH UND REIN der enkel
mit den einkaufstüten auf dem schoß IN DEN BURGER
BEISST ER UND WIRD DEUTSCHER
MEISTER wächst dem pappaufstellermädchen
aus dem mund eine hand am arsch
die andre hand unterm tablett DRINK
in der SALZBURGER SCHMANKERL
HÜTTN 25 m³ echt alpen
ländisches holz vor der hütte schwappt original
österrisches bier < warum schickst du mich
in die hölle > draußen trompetenröhren
< feiner klang > näselt verschnupft
< frohe weihnachtszeit > die goldnase
mit punsch nach atem ringend AUF
EUROPAS GRÖSSTER MOBILEN
RODELBAHN winterfein
gemacht mit rund 100 tonnen schnee BY SKI
CIRCUS SAALBACH HINTERGLEM < und alle schunkeln mit >
CUBA SI rot-weiß MADE IN TURKEY
garantiert keine kinderarbeit
beim traditionellen winter
zauber < der mit dem roten stern neben der decke
mit den kätzchen > 100 PROZENT ECHTE
BAUMWOLLE < alter
mein kleiner bruder läuft mit che rum >
HELLO PUSSY < lieber noch chavez >
gleich neben HELD DER ARBEIT
in blau < nehmen wir beide > VODKA
CONNECTING PEOPLE < probier mal
alter jetzt ein > SHOT

endsehnsucht selbdritt

ende: erschöpftes fanal
an kahlen wänden

es schreibt farblos
es wohnt unter schorf
es bröckelt mit dem putz
es wartet am fenster
es dehnt sich über die etagen
als überzeichnetes ideal
es krümmt sich am boden
als schmutziger witz

drei figuren
und die hyperbel ende
und die grundregel einsamkeit
die taktik entscheidet
die taktung der ferne
das schicksal selbdritt

und das spiel endet
und das spiel beginnt

rotary processus

du sagtest es gäbe die möglichkeit
zwischen den verzeichnungsmaschinerien
und dem verpackungslager mit lieferziel alltäglichkeit
du meintest es gäbe sogar zeichen die verwiesen
auf diese unmögliche zukunft und wüssten
eine mögliche vergangenheit die sich schon
darauf eingerichtet hat du meintest zumindest
eine verästelung der erzählung erfände
diese unmögliche berührung
als sphärenblase zwischen kompossiblen welten
du sprachst von streiflichtern und verzurrenden pfaden
von verstrickten geweben und mustern
so zerrissen wie bestimmt und flüstertest mir zu
dass kein ding seine form behalte wenn wir's ernst meinten
und doch nichts ohne form bleiben kann und wir
dazwischen wohnen müssen zwischen dem
wie eine stimme erzählt wie erzählt wurde
wie erzählt wurde nur eine antwort ließest du mir zuletzt
wenn wir uns berührten könntest du schweigen

Matthias Senkel

8 x Liebe³

Gesang unter Rotlichtlampen
Frei nach H. Hartung

Mit Liebe im Titel können Sie Lyrikbände
neben die Kasse legen oder unter Remittende
Klassiker und Bestseller mischen – das
geht immer

Du standest in Schönheit

im Anfang des Irrsinns überraschte uns
lauwarmer Regen und wir rannten
durch hüfthohes Gras den Hügel hinab

Fallen: Rollen: Küssen. Ja. Ich weiß
so hätte es laufen müssen. – Doch so leicht
machten es uns unsere Füße nicht.

Noch einmal den Hügel hinab an den Fluss
will ich gehen und schauen das alte Lied
und wenn einer fremdginge, sagtest du
hattest nur Augen für unsre nassen Schuhe
muss schon etwas kaputt sein oder die Lust
den Moment um den Finger wickeln.

Ich nickte und nutzte unsere gesenkten Blicke
deine durchweichte Ansicht zu durchschauen
im Regen, im Anfang, in Schönheit usw.

Du tropfst mit Pipetten Blut in die Schuh

Manchmal zittern deine Schultern allein
unter der Last des Gedankens: Liebe mich
nicht so. Ich habe längst bessere
Märchen geschrieben. Und dann lachst du.

Ich kauf dir 'n Piepmatz
weil ich die Schallplatten mitnehme

Der Zoohändler lächelt noch immer
über den Rand des Keschers geflattert
wirbelt der Fink Federn auf

die Straßenbahn scheppert
so sehr zittert der Fink
dass der Karton dir vom Schoß rutscht

über den Augen gebrochene Flügel
träumt der Fink Papagei zu sein:

Dein Haar in meinen Händen beinahe
ein Nest – ach halt doch die Klappe

vergessen lässt sich im Takt
der Mauser viel besser
als bei Schallplattenknistern

sagst du spielst auf den Käfigstäben
eine Melodie zum Abschied bricht
dein Fingernagel fällt in den Sand

Sehr ernste Angelegenheiten

Die Frau mit der ich schlafe trägt
seit fünfzehn Tagen schon ein Paar
Plüschpantoffeln Schritt um Schritt
wird mir gewahr was nachts mich
unter dem Kopfkissen drückt

als sie heute den Mond ausschaltet
sage ich das ist das allerletzte
Mal dass Du mir Puschen ins Bett
mogelst dass der Vollmond dunkel
über dem Bett schwebt – das stört

die Frau mit der ich schlafe allerdings
überhaupt nicht sagt sie zählt zwar
vorerst keinen Mond mehr aber bitte
schalt ihn meinetwegen wieder an
über die Pantoffeln reden wir später

Lusan sagt

das Leben ist vielleicht nur einmal
so schön leise sagt sie das klingt
nach frisch gepressten Tränen bloß
weil wir auf einem Lakenmeer liegen
kriegst du noch lange
keinen Sand zwischen die Zähne
wenn ich dich küsse oder mein Baby
unruhig durch die Wand atmen höre

immerhin liegt die Küche dazwischen
flüstere ich jetzt selbst wenn die Liebe
durch den Magen geht dieser Weg
ist viel zu weit für so einen
zarten Schall was Lusan allerdings
nicht gehört haben will mit der Brust
meinen Mund verschließt den Einwand
aber nicht stillen kann das Blümchenmuster
wirbelt mir im Kopf umher macht mich
schwindelig schwindele ich mich
über die spontane Impotenz hörst du
lediglich eine Küche liegt zwischen uns
und deinem Säugling und dort
am Haken hängen Männermäntel
die mir viel zu groß sind sage ich jetzt
deine Milch schmeckt mir zu bitter
mein Leben ist noch das was auch
dein einmal schön gewesenes war

damals hast du mich geküsst sagt Lusan
und lacht obwohl ich in deinen Hinterkopf
ein Loch geschmissen habe
was bekanntlich viel mehr schadet
als übergroße Mäntel oder Omas Tapete

aber jetzt klebt Kindspech an deinem Leben
und somit an meinen Gedanken sage ich
als ich die Augen schließe spüre ich aber

nur noch zusammenhanglos
Brüste auf meinem Bauch die unbesehen
zu keiner Lusan gehören auch keinem anderen
da zwischen ihr und mir unversehens
kein Sand mehr Reibung erzeugt sage ich

– schön

als uns ein Schrei ins Getriebe fährt ein Hunger
der seinen Weg durch die Küche die Kacheln
und die Blümchentapete mühelos schafft aber
ich denke wir können jetzt nicht mehr denken
oder glauben dass bloß weil wir unbedacht
auf einem Meer zu liegen gekommen sind
das uns nicht gehört und das Kind einmal
durch die Tapete die Küche die Kacheln
geschrien hat in einem Hunger den wir
auch haben weil im Kühlschrank so viel
Platz für künftige Babynahrung und
für uns nichts anderes übrig bleibt als
wir können jetzt nicht diesen Hunger
den wir aufeinander verspüren vergessen
und aufstehen und füttern und das sage ich

Lusan steht gedanklich längst im Türrahmen
mit dem Meer quer über ihrem Busen
zwischen mir und den Männermänteln
könne sie frei wählen diesem Schrei
kann sie nicht widerstehen sagt Lusan
als sie wirklich in der Tür steht sagt sie
ich komme gleich wieder und lässt mich
ohne Meer am Strand zurück denken
ich sollte besser gehen bevor noch mehr
als nur der Hunger eines Säuglings Zusammenhänge trennt auch mein Leben schön
gewesen sein wird im Sand versunken

Leda mit Federboa

 # 2: Garni

Schlaflose Zugfahrt im staubigen Licht
zerfließen Schwarzwälder Kirschberge
gleißt der Bodensee grüßt arhythmisch
das Bettgestell auf unserem Hotelflur
lauschen alle Zimmermädchen schwitzen
und stöhnen über die Bullenhitze heuer
fallen Aktienkurse in tiefen Dielenritzen
kein Sand vor Tapeten mit Südseestrand
posiert Leda ungeniert im Handfönwind
produzieren wir Urlaubsgrüße aus Kuba

 # 3: Tatort

Sie setzt ihr leeres Glas am Rand
des blauen Zechzählzaunes ab
der Mörder fesselt das Pärchen
am Nachbartisch schläft das Baby

neben den Kippen ausgespuckt
der Schnuller und festzuhalten ist
dass die Zerstückelung des Unterleibes
einige Anatomiekenntnisse verrät

der Kommissar in Verzweiflung
Leda murrt als der Wirt die Kneipe
mit dem Schlüsselbund leerfegt

 # 4: Shakespearefetzen

Am Morgen weben die Spinnen
den Weiden glitzernde Strümpfe
Strapse aus Spitze ich spritze
Perlen auf ihre Hochzeitskleider

auf dem Balkon ausgesperrt
skandiere inbrünstig nehme dich
beim Wort nenn Liebster mich
und ich bin neu getauft

Leda mag diesen alten Fetzen
nicht Lärchen Wolken und
Plastiktüten segeln so tief
dass ihre Bäuche aufreißen

 # 5: Idyll
Mond um Mond der Mond zerfließt
im Bauch der Regentropfen fällt
in jede Pfütze ein Schwarm Mücken
über uns die Hochspannungskabel
glühen als Funken überschlagen auf
und nieder geht ein Sternenschauer
unter dem Rocksaum der Stadt

im Graureif versunkene Teebeutel
im Aschenbecher Ledas Lippenabdruck
auf verglommenen Stunden unauflösbar
in Brown'schen Wirbeln verworrenes
Flirren in meine Haut geschlafen Klick-
verschluss und Spitze Blüten welken
unter dem Stottern des Wasserhahns

Leda am Atlantikstrand an der Wand
befestigt mit Haarnadeln statt Teelöffel
rührt sie Duft ins lauwarme Wasser
auf der Fensterbank wo das Licht ist
Wolkenkino auf ihren Schulterblättern
verblasst die Mittagssonne wieder
wo die Parallelen unserer Beine
im Unvorhersehbaren sich vereinen

 # 7: Naturgemäß

Im Winter fliegen Schwäne stets
gen Süden sage ich Leda hat mir
prophylaktisch alle Federn gerupft

weiß wohl dass ich Nacht für Nacht
die Mondbahn studiere ihre Boa
und Wachs verstecke wenn sie schläft

schleiche in eine Bar und inhaliere
den Geschmack der Freiheit

 # 8: Sehkrank

Im Magermondlicht versenke ich
Ledas Habe hinterlässt Falten
auf der Haut des Sees ihre Boa

viel zu naturalistisch den Sterbenden
Schwan getanzt hat sie bei Fönböen
aussichtslos über den Wannenrand

balanciert die Nagelfeile durchs Lid
gestochen scharfe Töne tropfen

Aspirin im Glas löst sich die Welt auf
was schlägt dein Kopf wenn er fällt

Liegen gelassene Liebesgedichte

am Rand notierte Verabredungen
zu denen du zu spät gekommen
dein unabwaschbares Lächeln
mit Witzen kaschierst und doch

nicht erstickst an all den Gräten die ich dir
in die Suppe gewünscht habe und mir
so viel Salz in der Hoffnung innerlich
aufzuplatzen und zu verbluten

– am Pathos fehlte es mir noch nie!
Neben dem Bett die gesammelten
Rezepte zum Heraufbeschwören
semantischer Unruhe durch Umbrüche

sagst Du zerschnittene Short Storys
auf der Toilette diese verdammten
Liebesgedichte werde ich dir
schon noch austreiben …

Thien Tran
Gedichte

*ONE POEM
FOR TWO INTELLIGENT MAN*
on fluxus

gegeben sei: eine Person A
   die ihren Kaffee nach rechts rührt
und gegeben sei: eine Person B
die ihn nach links rührt
   die Reibung an der Oberfläche der Augen
würde ungefähr eine Spannung
von 0.001 Minivolt
erzeugen
und die bewusstseinserweiternden Koffeinextrakte
hätten dann die Eigenschaft
   sich völlig grundlos mit den körpereigenen
Alkoholhormonen zu verbinden
(gewiss. ohne dabei an Geschmack
zu verlieren.)
die beiden Männer
   entwickelten sich in- auf- und aneinander vorbei
ein Augenbilddrehgerät für jeden
und für jeden. mindestens einen Standby-
Generator für die Pausen
und besonders erwähnenswert: die Reduktionsvorgänge
   diese wurden auf beiden Seiten
erfolgreich ausgeführt
Objektivblockaden auf Schienen
die jede Sekunde ihren Standort wechselten.

SELBSTBILD
frei nach Leonardo da Vinci

der Zirkel synthetisiert
    wir verallgemeinern. ohne Zirkel
kein Mensch. mit Stirnlampen an der Stirn
gehen wir voran. wir sind einäugig
hinsichtlich der Abbilder. wir sind zweiäugig
    nur in Ausnahmefällen
eher selten. nur manchmal. manchmal starkstrom-
betrieben. manchmal uns vorsichtig
herantastend. die Bauchnabelumgebung
ist nicht die Mitte
    die Mitte ist nur ein Wort
den Rest nennen wir jetzt der Einfachheit halber
nur Körper. unten dicht über den Asphalt
hinwegrollend: die frisch lackierten Sprinter-
    pantoffeln. die wir für so was wie Biografie
benötigen. je nach Intelligenzquotient
sind unsere Nasen lang
    und breit. noch breiter allerdings
mit geschlossenen Augen. sprechen wir also nicht
vom Körper. sprechen wir von der Hand
    von den fünf Elementen
der Interaktion.

MERCURY_REDSTONE 4

konstante Geschwindigkeit
   bei konstanter Masse. man kann sich
die Indifferenz vorstellen
als ein Weder-noch. und anderntags
das Aufschnattern der Tauben
   bis jetzt liefen die Realitätsgeneratoren
einwandfrei. Touch-Pad-Oberflächen
unendlich bespielbar
zumindest unseren Erfahrungen nach
die Identifizierung des Objekts vollzog sich
plötzlich. auch bei mir: unweigerlich die Bildung
   von Wärmedioxidatomen
die sofort in sich zerfielen. als ich aufblickte
im Gehirn stieg die Protonen-Dichte an
kleine elektromagnetisch aufgeladene Teilchen
die sprachfähig waren. siehe Quantenchemie
   das System reagierte
die Scannmaschinen. die Bioinformations-
reaktoren reagierten.

CLOSE READING
für Y.L.S

diese Linien im Kopf
    sind die Linien der Flucht
keine Fluchtlinien. der Eingang
nach innen ist die Oberfläche des Ausgangs
    und der Ausgang
liegt innen. manchmal brechen sie
manchmal landen sie. manchmal versinken sie
    das Hier-sein-Dort-sein ist das Hier-sein-Dort-sein
der Linien. Wort an Wort
Satz an Satz. die Zoommodulierfunktionen
sind die Funktionen der Funktionen
man denke an die Haut
    an die Einheit von Signifikant
und Signifikat. Signifikantenströme und Free-Time-
Akrobaten untrennbar ineinander
    vermischt. unendlich klein also die Kugelformen
dieser *reality relation*. Kugelschreiber
und Bleistifte wie Metalle
    miteinander vereint. ein jedes für sich
von seiner eigenen Biografie
vorangetrieben.

MATINEE SYMBOLISME

   für die Justierung dieses Bildes
brauchten wir den ganzen Vormittag. die Kontraste kamen
   aus der Kälte. und von dort aus setzten sie
den Schnee in Flammen. ganz Auge war die Oberfläche
eine Haut. und die Haut ein Mund
   der zufrieden schwieg. ansonsten nur Ahorn
Rhododendronbüsche und sofort. nichts metaphorisches
ich hielt die Reset-Taste gedrückt und das Programm eliminierte
   die Prämissen. in der ganzen Innenstadt
Geschwindigkeitsverbot. (Zone dreißig und Vorfahrt für jeden
der vorfahren wollte.) das Denken im Ohr
   kam ohne die Voraussetzung
eines Anderen aus.

HAUS DER FREUNDSCHAFT

mein Haus. das ist ein Jahrmarkt
    wo die Freundschaft ein- und ausgeht
gleich am Eingang befindet sich
eine Drehtür
    die vierundzwanzig Stunden Non Stop
Kakaobohnen und Bananen
von innen nach außen transportiert
und umgekehrt

    meinen Stammkunden
(Seelenverwandte und Weggefährten)
biete ich die Economy Class an
    ein Anti-Wellness-Packet inklusive
dem Stresshormon Cortisol
aber viele meiner Abonnenten
    sind unzufrieden. weil ich ihnen immer
meine Probleme mitliefere

    wie dem auch sei
bisher konnte ich jeden Monat
meine Miete bezahlen (eine Einzimmerwohnung
    ohne Fenster) und zweimal im Jahr
in den Urlaub fahren
nur manchmal wünsche ich mir
die Einsamkeit zurück. und manchmal
    nur das Slow Motion
der Wolken.

POSTPRODUKTION NACH GEORGE SEURAT

Realismus in Dolby Surround
man vermied die Fehler der Verfremdung
auch bei den Nachwuchsregisseuren
   modernste Digital Technik. wir applaudierten
nicht ohne Grund

   eine unabhängige Jury. die Bourgeoisie
nominierte diesen Kandidaten. die Sonntage nun schon
zum dritten Mal ausgezeichnet
   für die beste Kamera. reine Bildfolgen
des Unspektakulären

   rasche Handfolgen eingeübter Rituale
man pumpte eine Unsumme an Geld in den Nachbau
der Gewässer. wie jeden Morgen
   vorwiegend Sätze und Reden in Sachen
Mensch-sein

   bei der Preisvergabe dann
dieses Blitzgewitter der Fotografen. man posierte
im Rampenlicht: ausnahmslos Demokraten
   die über den roten Teppich
marschierten.

OBJEKT NR. 10

    im Luftzwischenraum
bewegen sich die Sinne abstrahierend voran
weiter und immer weiter. und zurück
    bis die Person verschwindet. oder meinetwegen
bis das Objekt verschwindet. Maschinen-
konstruktionen in Braun- und Beigetönen gehalten
    und schwer zu identifizieren
ein gerade abkühlendes Heliumherzaggregat
den Männern entgegen

dass der pazifische Ozean forttreibt
    und nicht zurückkehrt. als gäbe es keine Rückkehr
für dieses Mädchen ist wahr. wahr sind auch
diese ineinander- und auseinander-
    strebenden Emotionspartikel. bunte Kügelchen
durch einen Bindfaden verbunden
der vorher durch einen dünnen Benzinfilm
gezogen wurde

    im Optimalfall sondern Bindfäden
Blütenaromen aus. sodass diese Kügelchen anfangen
zu vibrieren. sobald auch das Begehren wahr ist
    und der Optimalfall ist jetzt: Blüten-
aromen und bunte Kügelchen. die an einem Bindfaden
    hinabgleiten. Personen deren Gegenstände
brüchig geworden sind. deren Gegenstände durchscheinen.

COFFEE AND CIGARETTES DELUXE

noch näher unmöglich
    das hieße: Identitätsverlust. hieße
Implosion. wir differenzierten uns
in die Bürokratie zurück
    aktivierten neue Paragraphen
sammelten Unterschriften. Norwegen war
personalisiert
an der sanften Oberfläche des Sees
    wo die Jäger ruhten
sprachen wir Englischdeutsch und Deutsch-
englisch. der Jäger ist eine Metonymie
    für Expression. die sanfte Oberfläche des Sees
eine Metapher für den Stillstand
im Denken. (Metapher und Metonymie
sind austauschbar.)
    so auch die Namen. die wir uns
an die Ohren legten. austauschbare Maschinen
die auch ohne Strom funktionierten
    die alle dem gleichen Bauplan folgten
so waren wir zuunterst Herz
und zuoberst Kopf. eine Vertikale
    die nur wenige Minuten lang andauerte
danach klopfte wieder der Montag von innen
an unser Brustgehäuse. und diesem
hinterherschleichend. die Tage Dienstag
    Mittwoch Donnerstag
und Freitag.

L'AMOUR SPIRITUELLE

    der luftleere Raum war uns
zu unpersönlich. wir strebten auseinander
    Hanna geriet in ein Energiefeld
außerhalb des Intendierten. so jedenfalls
berichtete sie. als wir wieder zusammenfanden
dass es unerträglich sei. in einer Raum-
    Zeit- und Bewegungsextension
zu denken

und Hanna liebte ihren Körper
gut möglich dass die Grundkonfiguration
    ihrer Neuronensoftware nicht ausreichte
zumindest nicht. um die Progressivform
zu integrieren. also machte sie kehrt
    noch ehe ich mich entschuldigen konnte
und noch wollte ich mich
entschuldigen

zu spät: um uns herum bildeten sich
    durchsichtige Basalt- und Eisenmoleküle
die beiden Grundelemente des Städtischen
und wir überprüften noch einmal die Koordinaten
unserer Radargeräte. und stellten fest
    unter uns führte die Landebahn direkt
in die Zivilisation.

Johanna Wack

Punkte

1

»Ich erschieße einfach alle«, sage ich. »Erst die ganzen Arschlöcher und dann mich selbst.« Ich brenne mit meiner Zigarette ein Loch in meinen Unterarm.

»Wow«, sagt Nina mit gespielter Bewunderung, »originelle Idee! Echt! Auch die Zigarettennummer! Du bist wirklich verdammt kreativ!«

Das ist typisch Nina. Kaum habe ich eine Lösung für ein Problem gefunden, nennt sie mich unkreativ. Oder langweilig.

Als ich angekommen war, hielt sie mich fest und schob meinen Ärmel hoch. Betrachtete die Schnittnarben an meinem linken Arm, sah mir dann gelangweilt in die Augen.

»Ne rechtshändige Borderlinerin mit Rasierklingenverletzungen am linken Arm. Ist das alles? Oder hast du sonst noch was?«

»Zigarettenverbrennungen an den Schenkelinnenseiten«, antwortete ich. Sie gähnte. Drehte sich um und ging den Flur hinunter. Dann rief sie laut:

»Martina, Janna, Gabi, Ayse, Laura! Eine Seelenverwandte!«, zwinkerte mir zu und verschwand hinter einer Tür.

Als ich mein Zimmer betrat, saß sie im Schneidersitz auf ihrem Bett und knipste sich mit einem Nagelknipser Haut aus ihrer Fußsohle.

»Ich bin übrigens Nina«, sagte sie, ohne sich von ihrer Beschäftigung ablenken zu lassen.

»Ich bin Lena«, sagte ich, und stellte meine Tasche neben mein Bett. Ich beobachtete sie eine Weile.

»Was soll das?«, fragte ich schließlich und zeigte auf ihren Fuß.

»Da gucken sie nicht nach«, sagte sie und drückte ein Taschentuch auf die Wunden.

Mittlerweile bin ich seit drei Wochen hier. Nina nimmt mich nicht ernst. Sie behauptet, ich sei feige und indirekt. Wenn ich

Aufmerksamkeit und Anerkennung wolle, dann solle ich mich hinstellen und laut »Ich will Aufmerksamkeit!« schreien, »Und Anerkennung!«, anstatt mich mit blutenden Armen von Mama und Papa im Badezimmer finden zu lassen. Ich versuchte ihr zu erklären, dass meine Mutter auf diese Aussage in etwa Folgendes antworten würde: »Wenn ihr mir auch nur ein bisschen mehr helfen würdet, dann hätte ich auch mehr Zeit für euch, aber ihr denkt ja immer nur an euch, als ob ich das hier gern tun würde ...« usw. Irgendwann wäre sie dann mit dem Satz: »Ich bring mich um!« in ihr Schlafzimmer geflüchtet.

Bluten ist da auf jeden Fall die wirksamere Alternative.

Nina nickte verständnisvoll und murmelte: »Aha, von deiner Mutter hast du das.« Dann dachte sie kurz nach: »Wäre das nicht ne großartige Situation, überleg doch mal«, sagte sie schließlich fröhlich, »wenn sie einfach nur ›Ich will auch Aufmerksamkeit!‹ rufen würde. Oder singen. So wie im Musical.« Sie stellte sich gerade hin, eine Hand auf ihrem Bauch, holte tief Luft und sang: »Ich will Aufmerksamkeit! Und ein bisschen Anerkennung.« Sie schlang sich ihr Nachthemd um den Kopf, nahm eine Haarbürste in die Hand und sang erneut: »Ich will auch Aufmerksamkeit!«

»Und dann«, sagte sie aufgeregt, »könntet ihr im Kanon singen, deine kleinen Schwestern noch dazu, du hast doch kleine Schwestern?«

»Ja«, sagte ich hilflos, und fragte mich, woher sie das wusste.

»Super!«, sagte sie, »also zuerst die mittlere: ›Immer kriegt die die ganze Aufmerksamkeit!‹ und dann das Nesthäkchen: ›Bitte, Mami, Aufmerksamkeit, ich helf dir auch im Haushalt!‹, währenddessen immer noch du und deine Mutter, deine Mutter kniet am Boden und putzt die ganze Zeit den Fußboden, immer schneller und verzweifelter, mittlerweile singt ihr alle das Wort Aufmerksamkeit im Chor und die Anerkennung im Kanon, ihr Kinder stampft mit dem Fuß auf und fangt an, an eurer Mutter rumzuzerren, schließlich fällt diese erschöpft mit ihrem Kopf in den Putzeimer und ertrinkt.«

Ich sah Nina fassungslos an. Noch nie hatte jemand aus meinem Familienchaos und meinen traumatischen Kindheitserfahrungen ein Musical gemacht. Und schon gar nicht eines, bei dem meine Mutter das Opfer ist.

»Das ist total krank«, sagte ich. Sie sah mich belustigt an. »Das findest du krank? Ja ja, Musicals, die einen lieben sie, die anderen finden sie krank.« Sie sprang auf und kam mit ihrem Gesicht so nah an meines heran, dass sich unsere Nasenspitzen fast berührten und ihre beiden Augen zu einem wurden. »Alles eine Frage der Betrachtung«, sagte sie und verließ, schiefe Töne pfeifend, unser Zimmer.

Nina betrachtet das Loch in meinem Arm. »Das ist gar kein Loch«, sagt sie, »eher im Gegenteil, das ist eindeutig eine Blase.« Sie versucht sie mit ihrem Daumen in meinen Arm zu drücken. »Aua«, sage ich, »nicht so doll!«

»Ich dachte, du stehst auf Schmerzen«, sagt sie und tut überrascht. Sie sieht mich lange an. »Weißt du, was ich glaube«, sagt sie schließlich, »ich glaube, du bist überhaupt kein Borderliner, du tust nur so.«

»Spinnst du«, frage ich, »warum sollte ich das?«

»Bist du im Bridgeclub? Oder im Sportverein?«, fragt sie.

»Was hat denn jetzt Borderline mit nem Sportverein zu tun?«, will ich genervt wissen.

»Gruppenzugehörigkeit«, sagt sie fachmännisch. »Du solltest dir ein anderes Hobby als Armeaufschneiden mit Gleichgesinnten teilen.«

Sie sieht mich eindringlich an und sagt: »Ist dir eigentlich schon mal die Doppeldeutigkeit von Armeaufschneiden aufgefallen?«

Dann winkt sie ab und sagt: »Das nur nebenbei. Wie wär's mit Hockey?«

»Du hast doch echt ne Vollmeise!«, rufe ich wütend. »Erst machst du aus meiner Familiengeschichte ein Musical, dann nennst du meine Verbrennungen und die Suizidgedanken unkreativ, und jetzt bezeichnest du meine Selbstverletzung auch noch als Hobby!«

»Dööd, Fehler!«, ruft Nina, und tut so, als würde sie auf einen Fernsehspielbutton schlagen. »Nicht das ›Was‹ zählt, Lena, mir geht es um das ›Wie‹. Du kannst dich meinetwegen verletzen und umbringen. Aber Zigarettenverbrennungen und Amoklauf? Das ist selbst für dich ziemlich arm.«

»Und, haben Sie ne bessere Idee, Miss Kreativsuizid?«, frage ich gekränkt.

»Etliche!«, sagt sie triumphierend. »Aber die verrate ich dir nicht, da musst du dir schon selbst was ausdenken.« Nina steht auf und geht in Richtung Bad.

»Du brauchst doch nur eine, falls du's vergessen hast!«, rufe ich ihr hinterher. Nina kommt zurückgeschlendert und bindet sich ihre Haare zum Zopf. Ich kann ihre Narben an ihren Unterarmen sehen.

»So wahnsinnig originell bist du anscheinend auch nicht immer gewesen«, sage ich und zeige auf ihre Arme.

Nina sieht mich an. »Wie viele Punkte hast du eigentlich?«, fragt sie.

»Was für Punkte?«, frage ich verwirrt.

»Borderlinepunkte«, sagt Nina. »Ich hab neun. Das ist die Höchstpunktzahl, so viele hat hier niemand.« Sie setzt sich auf meine Bettkante. »Und du? Sag schon!«

»Fünf, glaube ich«, sage ich und ärgere mich im selben Moment, nicht gelogen zu haben.

»Fünf?«, fragt Nina, und lacht. »Das ist das Minimum. Ein Punkt weniger, und du wärst gar kein Borderliner, verstehst du?« Sie steht auf und geht zur Tür. »L'Allemagne: cinq points. Germany: five points.«

Sie geht raus, steckt ihren Kopf durch die Tür und sagt:

»Hab ich mir doch gedacht!«

Dann zieht sie die Tür zu.

2

Ich liege auf meinem Bett, starre die Zimmerdecke an und versuche nachzudenken. Ist die Boderlinediagnose nicht mehr als eine erreichte Punktzahl? Nicht mehr als die bloße Summe einzelner Teile? Ich muss an das Mentos-Cola-Gerücht denken: Schmeißt man ein harmloses Pfefferminzbonbon in eine Cola, soll eine wahnsinnige Fontäne entstehen. Eine regelrecht explosive Mischung. Sind Borderliner die Colas dieser Welt, die einzigen, die mit den Pfefferminzbonboninhalten und ihren Wahrheiten nicht zurechtkommen? Ich fühle mich schlecht bei der Idee, wie Cola zu sein. Cola hat in unserer Familie keinen guten Ruf gehabt. Ich bin Cola, lasse Gummibärchen aufquellen und Fleisch in seine Fasern zerfallen.

3

Aus meiner Schuhsohle pule ich meine Notfallrasierklinge. Scheiß doch auf Kreativität. Tot ist tot.

Mir fällt der Abschiedsbrief ein. Meine Eltern haben ihren schon vor Jahren bekommen. Es hat sich nicht viel geändert:
»Liebe Mama, lieber Papa,
 wenn Ihr diesen Brief lest, bin ich tot. Ich konnte nicht mehr. Macht euch keine Sorgen, es geht mir jetzt bestimmt gut. Ihr habt keine Schuld an meinem Tod. (Auch wenn ihr viel falsch gemacht habt.)

Liebe Grüße an Oma Greta und natürlich auch an Maja und Lisa, sagt ihnen, sie sollen gut auf Hasi aufpassen, ich hab euch lieb, eure Lena«

Manches hat sich schon geändert. Oma Greta und Hasi sind mittlerweile tot. Und ich hatte ihn damals noch auf hellblauem Diddlmaus-Briefpapier geschrieben.

Aber trotzdem hatte er nie an Aktualität verloren.

»Liebe Nina«, schreibe ich, »wenn du diesen Brief liest, bin ich tot. Du hast keine Schuld.«

Die Tür geht auf. Ich stopfe die Klinge und den Brief unter meine Decke.

»Was machst du denn da?«, fragt Nina.

»Ich denke nach«, sage ich. Sie springt auf mich zu, drückt mich aufs Bett und greift unter die Decke.

»So, so«, sagt sie. »Das nennst du Nachdenken? Kein Wunder, dass da nichts Vernünftiges bei rauskommt.« Sie liest den Anfang des Briefes und prustet los: »Oh Gott!«, ruft sie. »Was wäre denn nach ›Wenn du das liest, bin ich tot‹ gekommen? »Ich konnte einfach nicht mehr?« Ist dir echt nichts Besseres eingefallen als dieser Standardblödsinn? Die Mühe hättest du dir sparen können, ich wette, dass es solche Abschiedsbriefe auch als Word-Vorlage gibt.«

Ich schlage ihr mit der Faust ins Gesicht. Damit hat sie nicht gerechnet. Sie lässt alles, was sie in den Händen hat, fallen. Ich schnappe mir die Rasierklinge und schneide meinen linken Arm vom Handgelenk bis zur Beuge auf. Das Blut schießt im Takt aus meinem Arm. Nina schreit: »Spinnst du?«, und drückt beide Hände auf das Blut.

Ich sage noch: »Blöde Frage«, bevor ich umkippe und finde mich witzig.

4

Als ich aufwache, lebe ich noch. Ich bin im Krankenhaus. Mein linker Arm ist verbunden und tut weh.

Auf meinem Bauch liegt ein weißer Umschlag. Ich mache ihn mit den Zähnen und meiner intakten Hand auf. Bei einem meiner Selbstmordversuche hatte ich mir mal beide Pulsadern aufgeschnitten. Als ich aufwachte, hatte ich beide Arme verbunden. Ich glaube nicht, dass es nötig gewesen wäre, aber geschient waren sie außerdem. Als meine Mutter mich füttern musste, fand ich das noch lustig. Als ich das erste Mal aufs Klo musste, wurde mir das Ausmaß meines Dilemmas schließlich bewusst.

Ich ziehe eine Karte aus dem Umschlag.

»Herzlich willkommen!«, steht in silberfarbener Schrift auf einem Luftballon, der von einem Teddybären gehalten wird.

Ich klappe sie auf.

»Liebe Lena, wenn du diese Karte liest, bist du nicht tot. Die Ärzte und Krankenschwestern sind schuld. Liebe Grüße auch von Schwester Monika und den anderen!

Deine Nina«

5

Ich will nicht mehr ich sein. Ich beschließe, wie Nina zu werden. Als ich meiner Therapeutin davon erzähle, macht sie sich Notizen, und mir fällt auf, dass ich jetzt schon sechs Punkte habe: Ich habe eine ausgeprägte Identitätsstörung entwickelt.

Als ich wieder in unser Zimmer komme, pfeife ich »Schön ist es auf der Welt zu sein« und binde mir die Haare zum Zopf. Nina beachtet mich nicht. Ich tue so, als wäre es mir egal.

Wir haben eine Neue im Zimmer. Sie sieht aus wie eine Barbie.

»Und, BB, was geht bei dir so?«, frage ich und lehne mich lässig an die Wand.
»BB?«, fragt sie. »Meinst du Brigitte Bardot?« Sie sieht mich hoffnungsvoll aus schwarzen Kajalumrandungen an.
»Quatsch«, sage ich. »Borderline-Barbie natürlich!«
Ich höre Nina hinter mir losprusten. Und fühle mich großartig.

6

Ich erzähle meiner Therapeutin, wie gut es mir geht. BB hat anscheinend auch mit ihr gesprochen, denn meine Therapeutin redet sehr lange von Autoaggression und Aggression und Ventilen. Ich bin gelangweilt und frage mich, wie Nina darauf reagieren würde. Um nichts falsch zu machen, reagiere ich gar nicht. Ich glaube, dass ich meine Therapeutin damit verwirre. »Die Oberschlauen in die Supervision zwingen«, nennt Nina das.

Ich beobachte Nina. Ich studiere sie. Jeden Tag lerne ich etwas dazu. Ich verletze mich kaum noch selbst. Es geht mir gut, so, wie ich jetzt bin. Nur den anderen auf der Station geht es zunehmend schlechter. Sie haben BB aus unserem Zimmer genommen.

»Komisch«, sagt Nina, »es wäre taktisch klüger gewesen, wenn sie mich aus dem Zimmer genommen hätten und nicht den Sündenbock BB.« Sie steht auf und imitiert ein Hitlerbärtchen, indem sie Zeige- und Mittelfinger unter ihre Nase hält. Dazu spricht sie mit rollendem R, zackig und ernst: »Schnappe dir stets den Führer einer Gruppe, um die Mitläufer zu demoralisieren!« Sie zwinkert mir zu und sagt im normalen Nina-Ton: »Alte Kriegsweisheit.« Dann redet sie wieder wie Hitler: »Wir müssen herausfinden, was der Feind plant. Das Borderlinevolk muss unbedingt zusammenhalten! Sonst werden wir von der weißen Armee überrollt! Der Feind ist hinterlistig und plant einen Überraschungsangriff. Aber wir sind schlauer und werden ihn mit gut platzierten Landminen überraschen!«

»Du hast schon mitbekommen, dass Hitler seinen Krieg damals verloren hat, ja?«, frage ich, genervt von ihrer schlechten Imitation.

»Und warum wohl?«, fragt Nina lachend. »Weil er Borderliner

war, der größenwahnsinnige Idiot!«, ruft sie, bevor sie mir die Chance auf eine Antwort gegeben hat.

»Hitler, klar«, sage ich müde. Die Nina-Themen fangen an, mich zu nerven. Borderline. Immer nur Borderline. Wer hat es und wie, und wie viele Punkte und warum.

»Schreib doch ein Lied drüber«, sage ich und drehe ihr den Rücken zu.

»Lena!«, ruft Nina. »Lena!«

»Was?«, rufe ich gereizt zurück. Ich will nicht mehr wie sie sein. Ich will nach Hause.

»Geile Idee!«, ruft Nina.

»Borderline, oh, Borderline, bist größer als mein Eigenheim! Borderline, oh, Borderline, reimst dich sogar auf Lena-Klein.«

»Borderline, oh, Borderline«, denke ich, »lass mich mit deinem Reim allein.«

7

Ich werde entlassen.

Meine Therapeutin erklärt mir, dass die Borderline-Diagnose bei mir wohl nicht so ganz richtig gewesen sei. »Sie haben eher so etwas wie eine temporäre narzisstische depressive Störung«, erklärt sie mir. »Relativ normal in Ihrem Alter.« Bei dem Wort »normal« macht sie diese Gänsefüßchenzeichen mit ihren sich krümmenden Mittel- und Zeigefingern. Dann sagt sie: »Leider sind wir in dieser Klinik auf dieses Störungsbild nicht spezialisiert«, und schiebt mir eine Überweisung zu.

Als ich in den Herbst hinaustrete und die kühle und feuchte Luft einatme, bin ich mir nicht sicher, ob ich gerade nur träume. Oder ob all das vorher ein Traum war. Oder alles davor.

Ich habe Ninas Telefonnummer in meiner Tasche. Ich glaube nicht, dass ich sie anrufen werde. Sie gehört jetzt zu einem abgeschlossenen Lebenszeitraum, zu der Phase, in der ich Borderlinerin war.

Ich trete auf das Laub am Boden und gehe in den nächsten Abschnitt.

Kai Wiegandt
09-16-2000

Heimischwerden war ein Löschen fremder Spuren, ein Berühren der Dinge mit Handgriffen, die Besitz meinten, ein Umgang mit ihnen, der ihre Oberfläche nicht abschabte, sondern sie mit einer neuen Schicht überzog. Kiesewetter goss sich Kaffee ein, beim Griff nach einer Tasse hatte er nicht mehr nachdenken müssen, Milch war da, er hatte sie gekauft. Er nahm einen Schluck, stellte die Tasse auf die gefaltete Zeitung und sah aus dem Fenster. Die Bäume, die längst ihr Laub verloren hatten, erkannte er am Wuchs ihrer Äste. Sie waren nicht zusammengezogen, das war gar nicht nötig gewesen. Es hätte genauso gut seine Wohnung sein können.

Jetzt begann das Ritual, er ging an der Wand mit den Büchern und Videos entlang. Es gab keine Folge der *Sopranos*, die er nicht mit ihr gesehen hatte – einige Kassetten waren umgekippt und gaben den Blick auf die Reihe mit den Szenenstudien und Aufnahmen von Stücken frei, an denen Dora mitgearbeitet hatte. Vielleicht war auch die *Soldatin* schon darunter. Nachdem er die Etiketten einzeln durchgegangen war, fiel sein Blick auf drei unbeschriftete Videos auf dem obersten Regalbrett. Er zog eines von ihnen heraus und schob es in den Rekorder, lief noch einmal in die Küche, um die Kaffeetasse zu holen, dann setzte er sich auf die Couch, drückte auf *Play*. Auf dem Bildschirm erschien das bekannte Schneetreiben – für Linkshänder kam der Schnee von rechts, für Rechtshänder von links – und er versuchte, die Richtung mit der Kraft der Gedanken wechseln zu lassen.

Auf einmal war Georg da. Kiesewetter verschluckte sich, begann zu husten, das Bild war körnig, verwackelt, es gab Spiegelungen, aber es war Georg. Er trug ein gelbes Hemd und Jeans, blickte kurz in die Kamera und lief auf einem Kiesweg an zwei großen Nadelbäumen vorbei, zwischen den Zweigen war ein Gewächshaus zu erkennen. »Schau mal, hier«, rief Georg mit fremdartiger Stimme und zeigte auf etwas. Eine Frau lachte hell, bevor ein Baum ins Bild ruckte, dann ein gelbes Schild, am Stamm befestigt: »Vietato fumare«, stand auf dem Stück Blech, aus dem Nagelköpfe ragten. »Bitte keine Nägel in die Bäume schlagen«, sagte Georg und lachte, während er in einen Weg einbog, der an einer Wiese mit Sprinkleranlagen entlang führte und linkerhand, im Schatten der Bäume, von kniehohen Stauden mit breiten grünen Blättern gesäumt war. Das Bild wackelte, wellte sich unter der spiegelnden Sonne und verblasste, sodass die Farben einen Moment ausgeblichen aussahen wie in einem Film aus den siebziger Jahren. Georg lief ins raschelnde hohe Gras und entfernte sich, bis die Kamera nach unten ruckte und stillstand. Kurze Atemzüge waren zu hören, im Bruchteil einer Sekunde flog die Landschaft wild hin und her, dann stand Georg vor einem Baum, hinter dem wieder das Gewächshaus zu sehen war. Er machte einen Schritt zurück, die Kamera ruckte und folgte ihm, als er den Arm hob: »Willkommen in meinem Garten.« Er drehte sich um und begann, den Baum zu schütteln. »Lass, Georg«, rief eine Stimme, es war Doras. Früchte fielen ins Gras, und Georg las zwei von ihnen auf, hielt einen gelbroten Apfel ins Bild. »Danke«, sagte Dora, ehe das Bild mit dumpfem Knall stehen blieb, Grasspitzen ragten waagerecht in die rechte Bildhälfte hinein. Erst jetzt waren die roten Digitalziffern rechts unten zu erkennen – 09-16-2000. Die Kamera fuhr hin und her, ein kurzes Rauschen, dann saß Georg, im Halbprofil gegen eine späte Sonne, am Lenkrad. Im Seitenfenster zogen mit Wellblech gedeckte Gewerbehallen vorbei, und hinter Drahtzäunen türmten sich blaue Plastikkanister, blitzten Scherben zerbrochener Fenster. Minutenlang Felder, schließlich ein eisgrauer Wasserturm. Dann erschien das Schneegestöber, aus dem die Bilder gekommen waren.

Der Kaffee stand unberührt auf dem Tisch. Kiesewetter bewegte einen Finger, *Rewind*, sah die Schneeflocken treiben. Wieder Georg, Doras Lachen, seine Stimme: »Bitte keine Nägel in die Bäume schlagen.« Die Kamera ruckte, als er einen Schritt zurück machte, dann folgte sie ihm. *Rewind*. Der Himmel war wolkenlos, atemlos rannte sie durchs hohe Gras, links flogen die Äste vorbei. »Lass, Georg!« Äpfel, die ins Gras fallen, Georg hält ihr einen hin, *Rewind*, Äpfel fielen ins Gras, *Rewind*, fielen ins Gras. Schwindlig legte er die nächste Kassette ein, sackte wie eine Hülle auf die Couch. Aus dem Schneegestöber tauchte Georg auf, der Baum, das gelbe Schild. Er sah blass aus, oder waren es die Farben? Der saure Geschmack in seinem Mund –

Kiesewetter schloss die Augen, beugte sich vor und drückte sich auf die Schläfen, während Übelkeit in ihm hochstieg. Atemlos rannte sie durchs hohe Gras, hielt plötzlich an, die Kamera ruckte, als er einen Schritt zurück machte, dann folgte sie ihm. »Willkommen in meinem Garten.« Er öffnete die Augen, drückte daneben, drückte *Eject*. Er legte die Kassette auf den Tisch zu den anderen, griff nach der Tasse und verschüttete etwas. Er sah die Kassetten an, sah sich im Zimmer um, betrachtete den Fernseher, sein kaltes, grünliches Auge, und sah die Kassetten.

Kiesewetter schlug die Haustür hinter sich zu, ein Radfahrer in gelbem Cape wich ihm gerade noch aus. Atmen. Die ganze Zeit den Mund gehalten hatte sie und ihm nicht einmal zugetraut, ein Video in den Rekorder zu schieben – er war ja nur der kleine Bruder! Sie hatte das eingefädelt, mit ein paar Blicken, vielleicht ein bisschen Angst, oder nicht? Nur der kleine Bruder. Kiesewetter lehnte sich gegen die Hauswand. Wie sollte das weitergehen? Nicht mal in die Augen sehen konnte er Dora jetzt. Und sie ihm die ganze Zeit, wie hatte er das nicht merken können? Atmen. Sie anschreien. Er schrie sie nicht an. Er würde es sagen und gehen. Was würde er sagen?

Von Weitem sah er das gelbliche Licht wie eine Krankheit in Doras Gesicht fallen, hörte das Klacken ihrer Stiefel und hob den Fuß, bereit, ihr entgegenzulaufen, dann zwanzig Meter vor ihm wieder ein Flackern, Doras Gesicht, er ließ es sein. Eine Sekunde sah er ihr fliegendes Haar, da drehte er um und begann zu laufen.

Als Dora in der Tür stand, saß er, die Hände auf die Schenkel gepresst, auf der Couch. Da war sie: der vertrauteste, fremdeste Mensch, menschlich und puppenhaft, anziehend und – nicht abstoßend, mit einem Lächeln auf den Lippen, das allem widersprach. Dora ließ ihre Tasche fallen und warf einen Blick auf die Uhr in der Küche. Als sie sich zu ihm herabbeugte, wehrte Kiesewetter ihren Kuss ab, warf ihr – er spürte es – einen ängstlichen Blick zu und drehte sich weg. Nur am Tonfall merkte er, dass sie etwas fragte, hörte sie bruchstückhaft vom Bühnenbild für *Im Dickicht der Städte* erzählen und von einer stillgelegten Sauna unter irgendeiner Bühne. Aus den Augenwinkeln beobachtete er, wie sie den Mantel aufhängte und die Stiefel auszog, wie sie verdutzt seine Jacke aufhob. Er spürte ihre Hand auf der Schulter: »Irgendwelche Schrauben locker?«

Sein Lachen ging in Husten über. Jetzt musste er's sagen. Er wollte nach ihrer Hand greifen, da zuckte seine Schulter, Doras Hand rutschte ab und kehrte an ihren Platz zurück. Er wollte aufspringen, als sie den Fernseher einschaltete. »Finger weg«, rief er, auf den Bildschirm starrend.

Dora wich zurück, während eine Sprecherin etwas über den Sudan sagte. »Was ist denn los mit dir?« Sie beugte sich zu ihm herab. »Jetzt sag doch was.«

»Ach was.« Kiesewetter sah auf seine Schenkel, seine Hände und bewegte stumm die Lippen. Unscharfe Lastwagen hielten vor einem weißen Haus mit Wellblechdach und spuckten Soldaten aus, da waren überschwemmte Felder, ein verwüstetes Einkaufszentrum. Als Dora sein Bein rüttelte, löste er die Hand vom Schenkel und hob sie an, ohne sie zu fühlen.

»Ich wollte dich nicht ärgern«, sagte Dora und griff nach der Fernbedienung. »Aber was ist heute –«

»Lass!« Er riss ihr das Ding aus der Hand, Dora ruckte auf ihre Seite der Couch und stand auf.

»Du machst mir Angst«, sagte sie.

»Ich hab Angst«, rief er, stand auf und blickte zu ihr, dann zum Fernseher, bevor er ausschaltete.

»Angst? Vor mir?«, fragte Dora und schaute auf den Bildschirm.

Er schüttelte den Kopf.

»Warum starrst du immer da hin?« Dora berührte seine Schulter, nahm die Hand aber gleich wieder fort. Er hatte ihr Zittern bemerkt. Sie lief zum Fernseher und drückte auf die *Eject*-Taste des Videorekorders, ›klick‹, ›klick‹, ›klick‹, kam aus der Hocke hoch und atmete ein paarmal heftig ein und aus, ehe sie die Arme vor der Brust kreuzte.

»Du hast Angst vor mir?«, fragte sie und holte Luft. »Weißt du eigentlich, wie unverschämt du bist?«

»Lass mich vorbei«, sagte er und lief los, aber Dora hielt ihn fest.

»Du willst wissen, was passiert ist?«, schrie er.

Sie schüttelte den Kopf.

»Nichts gesagt hast du!« Sein Blick ging durch sie hindurch, er sah sie die Tür aufreißen und das Treppenhaus hinunterrennen, aus dem Haus und immer weiter die Straße hinunter, bis ihr erstarrtes Gesicht auf einmal wieder vor ihm stand.

»Ich war hier«, setzte er heiser an, »am späten Nachmittag bin ich aus dem Haus zu dir«, mit einem Mal formten sich die Worte wie von selbst: »Ich warte eine Lücke zwischen den Autos ab und lauf schnell über die Zossener, aber die Sonne blendet mich. Plötzlich ... rechts taucht ein gelber Fleck auf, mitten auf der Straße bleib ich stehen und sehe den Radfahrer näher kommen, und im Moment, in dem ich das Auto höre, drückt mich der Fahrtwind nach hinten –«, sein Blick tastete sich an Dora herab, »wie eine kühle Hand«, sagte er. »In Zeitlupe fährt der Radfahrer hinter dem Auto vorbei und Bremsen quietschen, es hört sich an wie eine Stimme, der Autofahrer brüllt, und dann stehe ich auf dem Pflaster auf der anderen Straßenseite. Die Leute schauen mich an. Einer nach dem anderen gehen sie weiter.« Er hielt sich am Regal fest und glitt ab.

»Zum Glück«, rief sie und fasste ihn am Arm. »Zum Glück ist nichts passiert.«

»Ja. Vielleicht meine ich das. Ich bin durcheinander.« Er hustete. »Nicht, dass ich es sonst nicht wäre.«

»Manchmal ist es schlimmer, wenn nichts passiert«, sagte sie langsam und: »Du hast nur das Gleichgewicht verloren.«

Kiesewetter schüttelte den Kopf und legte die Hand auf ihre Schulter. »Ich bin völlig kaputt, so wie du.«

»Hat jemand angerufen?«, fragte sie und machte sich los.

Er musste grinsen.

»Ich weiß nicht«, sagte sie, »manchmal hab ich das Gefühl, ich weiß überhaupt nichts über dich.« Sie drückte seine Hand und wartete auf eine Antwort, dann verschwand sie in der Küche.

Kiesewetter sackte auf den Boden. Seine Stimme hatte brüchig geklungen, seine Wangen brannten. Atmen. Schließlich öffnete er die Küchentür und umarmte Dora, die an der Spüle stand, zitternd von hinten. Sie ließ den Schäler fallen.

»Ich hab dich vorhin fast nicht wiedererkannt«, sagte sie, und er drückte sie fest an sich, bis ihr ein Laut entfuhr, ein scheues Lachen.

Er schob noch den Riegel vor die Tür und beugte sich über das Waschbecken, als ihn die Kraft verließ. Ein dumpfer Schlag, sonst nichts. Wieder bei sich, dröhnte der Schmerz wie eine Maschine in seinem Kopf. Es stank, er wagte den Mund kaum aufzumachen, tastete nach der Toilettenspülung, öffnete den Mund dann doch, während Wasser in seinen Ohren rauschte.

Irgendwann hörte er Dora rufen, hörte sie murmelnd Türen aufziehen und schließen. Als die Schritte so nah waren, dass er die Erschütterung spüren konnte, schob er den Riegel an der Tür zurück. Dora öffnete sie und stöhnte auf. Sie rieb seinen Rücken, seinen schlaff daliegenden Arm, bis er den Kopf zu ihr drehte und grinste.

»Keine Ahnung, was in mich gefahren ist«, sagte er. Mühsam drehte er sich auf den Bauch, winkelte die Beine an und stemmte sich nach oben, bis er auf den Knien hockte. Eine Hand auf den Boden gestützt, zog er sich mit der anderen am Waschbecken hoch. Dora wollte helfen, er wies sie ab. Mit dem Handrücken wischte er sich über den Mund und begann wackelig, aber freistehend Gesicht und Hände zu waschen.

»In dich gefahren«, sagte Dora ins fließende Wasser hinein.

»Ich weiß nicht mehr, was. Wirklich.« Er warf ihr einen bittenden Blick zu.

»Ich meine am Nachmittag«, sagte sie. »Hattest du einen Unfall?«

»Was für einen Unfall?« Er versuchte zu lachen, und Dora drehte sich auf dem Absatz um, nahm das Telefon von der Ladestation und verschwand damit im Schlafzimmer. Als ein Schlüssel im Schloss quietschte, hielten die Hände unter dem Wasserstrahl inne. Dass man das Zimmer, in dem sie miteinander schliefen, abschließen konnte, hatte er nicht gewusst.

(…)

Florian Wiesner

15 Minuten

*Es gräbt sich Blütenstaub unter die Nägel
und leuchtet noch unter Tage*

»*In the future everyone will be famous for 15 minutes.*« Andy Warhol, Ruhm, 15 Minuten, 1968 und heute 40 Jahre später zeichnen wir unser ganzes Leben auf. Stellen es ins Netz. Keine Webcam auf Standby. Li[]e is li[]e. Aber wie geschrieben? v-v, v-f, f-v, f-f? Rückgängig: Eingabe. Wiederherstellen! Das Leben in kleine Clips geteilt mit allen anderen. Hochladen. Das ganze Leben auf Video. Du brauchst ein zweites, um dir dabei zuzuschauen. Video lateinisch für: Ich sehe. Ich sehe was, was du nicht. Und das ist mein Leben. Ich lebe, ich lebe nicht, ich lebe, ich lebe nicht, ich reiße keine Bäume, ich reiße Blütenblätter aus. Und meine Hoffnung stirbt / die Ersten werden die / im Prinzip noch Hoffnung. Ich lebe, ich lebe nicht, ich lebe, ich lebe nicht, ich lebe, habe ein Bloch im Kopf. So lange ich die Blätter ausreiße, weiß ich nicht, ob ich tot oder lebend bin. Es gibt kein zurück. Wenn ich falsch angefangen habe, dann bin ich jetzt schon tot. Rückgängig – Rückgängig – Rückgängig. Anders anfangen. Die Videokamera nimmt auf. My area is supervised by video. Eine Überwachungskamera in der Küche, eine im Gang, auf der Toilette, im Arbeitszimmer, unterm Bett, im Kühlschrank, in der Abstellkammer und der Türspion: eine Linse. Die Monitorwand zeigt alles. Auf Monitor Nr. 7 kocht Milch über. Rauch steigt auf. Es riecht nicht. Es muss höllisch stinken. Milch zu Kohle. Trinke den Kaffee schwarz. Auch ohne Zucker. Bin ich ein Affe? Gib ihm! So lange ist das nicht her. Charles Darwin: Survival in 15 minutes. I will survive. Was dann? As long as I know how, Know-how to love, I will survive. Und dann? Ich lebe, ich lebe nicht, ich lebe, ich lebe nicht. Es ist fast so, als ob Momo mir eine Stundenblume in die Hand gedrückt hätte. Als ob. Und was mache ich? Zähle, zupfe, drehe, rauche Zeit, vergeude, verlebe, verschone, verliebe, verstöre, ver. Und im Fernsehen Wiederholungen von gestern. Am Morgen danach ist immer alles anders. Denke ich. Und weil ich das schon einmal gedacht habe, vielleicht vor drei, vier Jahren. Déjà-vu. Kleiner Clip. Vier Sterne. Zweimal gesehen. Und wieder sind es die Augen. Deine Augen, meine Augen. Wir sehen Licht am Ende des Tunnels, weil wir optisch sind. Ich lebe. Noch kein Ende in Sicht. Kein Licht im Gotthard-Basistunnel, der einmal 57 Kilometer lang sein wird. Länger als von hier nach Marathon und Tag für Tag fressen sich die Bohrer 20 Meter weiter. Ein Albdruck liegt. Im Transitraum krümmt sich meine Zeit. Weiß nicht wohin. Weiß nicht woher. Hin und her. Wie ein Pendel. Erzähl die Blütenblätter. Gerade. Ungerade. Eine Gerade, zwei Punkte verbindet. A und B. Wo anfangen? Wie? Liebt? Liebt nicht? Herz aus Holz. Dreimal pochen. Drei Punkte … blind. Aus den Augen: der Sinn. Abhanden. Zwei Punkte.. Eine Gerade. A und B. 57 Kilometer: ein Tunnel. Ich lebe, denke ich und broadcast yourself. Alle reden von Zwei-Punkt-Null. Niemand von Beta-Visionen. Keiner von der Karaoke-Version des Lebens. Alles läuft vom Band, nur noch ein bisschen schief dazu singen. Ein Hit. Payback Playback. Keine 15 Minuten. Nur 3 Minuten 27 Sekunden. Durchschnittlicher Popsong. Second life style. Alles ist im Fluss. Aber in welchem? Amazonas, Brigach, Colorado River, Donau, Elbe, Fulda, Ganges, Hilmend, Irtysch, Jordan, Krishna, Loire, Magdalena, Nil, Ob, Paraná, Queis, Rhein, Styx, Tauber, Ural, Vaupes, Wupper, Xingú, Yukon, Zuari. Ungerade zwischen zwei Punkten. Quelle und Mündung. Ein Strom. Gegen den. Mit ihm. In ihm. In ihm untergehen. Sich taufen lassen. Dir leb ich, dir sterb ich, dein bin ich im Leben und Tode. Ich lebe, ich lebe nicht, ich lebe, ich lebe nicht richtig. Kein Richtig im Falsch. Alles ist im. »*Ein kleinerer Fluss, wie etwa die nur 112 Kilometer lange Wupper, hätte mich nicht interessiert*«, sagt der Mann mit den dunklen Schatten unter den Augen. Und er muss es ja wissen, hat den ganzen Rhein fotografiert von der Quelle zur Mündung. Das Panoramabild ist vier Kilometer lang. Jede Minute ein Foto. Steige zweimal, dreimal in denselben Fluss. Bin Nichtschwimmer, muss ertrinken. Will baden gehen. Baden gehen mit Sigmund. Kreidebleiche Felsen vor Dover. Trockne mich ab. Ziehe einen Pullover über. Meine Hand Dover, die Schulter Calais. Gerade dazwischen: mein Ärmelkanal. Winkel den Ellenbogen an. Ungerade. Schwindel. Sterne. Schwarz vor Augen. Deine Augen. Meine Augen. Weiß nicht mehr, wo oben, wo unten. Wusste noch nie. Fragile. Bitte nicht werfen! Wer hält sich schon daran? Sind geworfen. Ob klein, ob groß: ein Wurf. Sieben kleine Katzenleben in meinem. Und immer graue Katze in Schrödingers Blackbox. Maunze leise: ich lebe, ich lebe nicht, ich lebe, lebe ich nicht? Tue so, als ob. Tue so, als ob Kunst! Überlebensgroß. Weißes Rauschen im White Cube. Weißes Rechteck auf schwarzem Grund. Tief unten Dunkelheit. Das ewige Licht, hier ist es gebrochen. Keine Spektralfarben, kein Gold am Ende des Regenbogens. Nur Dunkel. Alles ist Nichtbild. Puppe in der Puppe in der Puppe: Kokon. Und der Regen prasselt an die Windschutzscheibe. Die Wischer schwirren wie irr. Sitze in meiner Autobiografie und der Motor stottert. Drei-Wege-Kat. Schnitt. »Diese Einstellung müssen wir noch mal drehen. Du musst dich ganz in die Rolle fallen lassen. Also, du hast gerade im Radio gehört, dass der Fährbetrieb noch heute Nacht eingestellt wird. Es gießt in Strömen und der Fluss ist fast schon uferlos. Aber eine Fähre fährt noch. Die letzte. Die musst du kriegen. Um jeden Preis. Also, du rast mit dem Auto Richtung Anlegestelle, doch dann fängt der Motor an zu stottern, geht aus. Schnitt. Die Fähre legt ab. Du musst es schaffen, es ist deine letzte Chance. Schnitt. Du springst raus aus dem Auto, den Aktenkoffer in der Hand. Rennst los. Schnitt. Zwischen Land und Schiff ein Meter Fluss. Langsam wird es mehr. Zwei Meter. Schnitt. Du rennst. Schnitt. Drei Meter. Schnitt. Es ist noch ein Satz / aus dem Zusammenhang reißend: *4.05 Die Wirklichkeit wird mit dem Satz verglichen* / und du hast es geschafft. Bist auf der Fähre gelandet. Mit einem Satz. Das schaffst du! Oder brauchst du ein Double?« Schnitt. Mein Einsatz: »Den Fährmann gut bezahlt, in Dollar und Yen, Tod und das Leben kann man nicht trennen.« Dann halte ich kurz inne, mein Blick verliert sich am Horizont und ich spreche gegen den Wind: »Ich erinnere mich vage, Worte an Godot, stelle in Frage, spinne Gold zu Stroh.« »Gut, genau so will ich das haben.« Es ist die Quadratur. Neben »black circle, 1913« schreibe ich »Gotthard-Basistunnel, 2008« und verlasse das Museum durch das Hauptportal. Fühle dich wie ein Linkshänder, den Spatz in der Rechten und über den Dächern dieser Stadt. Land. Fluss. Tier. Name. Beruf. Leipzig. Lesotho. Loire. Leopard. Ludwig. Laiendarsteller, der Flüchtigkeit markiert. Blaue Flecken huschen über die Haut aus Pergament. Und nur drei Tanzschritte vom Abgrund entfernt. Schneewalzer, Tango, Salsa. Auch mir befehlen höhere Wesen: rechte obere Ecke schwarz malen! Ich widersage. Beuge die Knie, erhebe mich, beuge die Knie. Tausche Handkolorit gegen Schwarz-Weiß. Ein schlechter Tausch. Wir träumen bunt, sagst du. Und selbst kleines Kino ist in Farbe. Gelber Mais wird zu weißem Popcorn auf der Leinwand. Weißer Rauch steigt auf. Ein neuer Papst ist gewählt. Und dann das letzte Abendmahl: von da Vinci, von Warhol, von Jesus. Das Turiner Grabtuch auch Leinwand und wenn der Hahn dreimal kräht auf dem Mist: verraten und verkauft. Schließe meine Augen, deine Augen und spüre den Blitz durch die Lider. Es sind die Verpasst-Bilder aus dem Nichtbild-Automaten, die sich einbrennen und als Brandmal, als Narbe auf unserer Haut, auf unserer Netzhaut zurückbleiben. Noch einmal mit dem black ticket davonkommen. Deine Augen sind meine Augen. Für einen Blick lang habe ich das wirklich geglaubt und dich und mich für unfehlbar gehalten. Diesen einen Blick mit einem Klick: Speichern unter: unbenannt. Endung: unbekannt. Und dann fragst du mich, wie das Leben denn gehen soll ohne Suchmaschine. Und für 15 Minuten bleibt die Welt einfach stehen. Die weißen Blütenblätter liegen vor mir und ich habe richtig angefangen, denke ich und schreibe dir jetzt einen Brief. Von Hand. Von Hand in den Mund. Von Spatz in der Hand. Vom Vollmund und Neumund und vom ganz kleinen Kino: nur für dich und für mich. Mais geht auf wie der große Heliumballon und an einer Schnur mein Brief. Bitte freimachen. Frankierter Rückumschlag liegt bei. Und in der Morgendämmerung steigt der Ballon von orange nach gelb. Und heute sind Tag und Nacht gleich. Völlig aus dem Zusammenhang: *6.4 Alle Sätze sind gleichwertig.* Und das Bild, das Sie sich von mir machen. Es steht Kopf. Auf der Netzhaut. Netzhaut häutet sich, heute. Was war gestern? Von gestern aus betrachtet, ist heute, morgen. »Was war gestern?«, fragte Käpt'n Memo in die dunkle Nacht. Als Antwort blieb ihm nur das Rascheln der Bäume und die Schatten seiner Träume. Er steht im Dunkel, dort im Schatten seiner Träume und lauscht. Er hört die Bäume, die er gepflanzt hat: einen Apfelbaum, einen Kirschbaum, einen Quittenbaum, eine Kiefer, eine Nordmanntanne. Dort, wo die Pilze wachsen: Morchel und Pfifferling. Und fliegen möchte Käpt'n Memo, fliegen. Doch er hat all seine Träume unter den Teppich gekehrt. Er kann nur noch liegen. Ein ganzes Leben inklusive der schönsten Tage.

Ein ganzes Leben inklusive. Und dann ist Frühlingsbeginn. Wie jedes Jahr am 20. März. Er erinnert sich an das Jahr zuvor und an das Jah zuvor und an das Ja zuvor. Er erinnert sich an kein Nein. Nach einigen Jahren den Zustand der Gummischläuche vom Fachmann überprüfen lassen. Käpt'n Memo schaltet die Waschmaschine an. 40° C Buntwäsche. Jedes Mal hofft er, dass er ohne Schleudertrauma davonkommt. Und auch heute bleibt er verschont. Aber was ist mit morgen? Morgen steht Kopf! Und für 15 Minuten setzt die Waschmaschine aus. Und dann wird alles blütenrein sein. Und nur der Blütenstaub unter den Nägeln brennt.

Möchten Sie die Änderungen am Dokument vor dem Schließen sichern?

Wenn Sie nicht sichern, gehen Ihre Änderungen verloren.
Nicht sichern.
[Ent sichern]
Je ne regrette rien ne vas plus.

Wo fängt der Zitatbestand an? Wo hört er auf? Es bleibt offen. Hier einige Anleihen, Textfäden, Zitate in der Reihenfolge ihres Erscheinens. Diese Liste muss unvollständig bleiben: Warhol/ Opus/ Betriebssystem/ Bloch/ Gaynor/ Ende/ Kaufhof/ Heraklit/ katholische Liturgie/ Adorno/ Kaluza nach Piepgras/ Post/ Schrödinger/ Malewitsch/ Wittgenstein/ Beckett/ Polke/ Bauernregel/ Verne/ Betriebsanleitung/ …

Lino Wirag
alphabet
ballspielen im bedeutungshof verboten

d)
groß: wie so n blatt immer noch für den effekt gut ist
oder nehmen wir: rinde | auch: schwarzbrot leuchtet wie:
salz stein schuh
anders dagegen: maikäferärschlein
ne stille feiung des verbalsystems

h)
titel

ich habs nicht so mit gedichtn |
mal sind sie zu kurz | mal hintn offen |
dann wieder quaken sie zu laut die gedichtkröten
oder zirpen pfindsam gedichtzikaden
nee, ich habs nicht so mit gedichtn |
mal sindse etepetetete | oda sterzsteif gestanzent
mal am klang langhangln bis
sinn sich intrinsisch s kinn bricht |
keine melodie mehr so ne selbstverschraubung
gedichte | wer macht n noch ged.

i)
erlebniz

was wieder n luftfett hier:
fünpf minuten im imbiss bis | wan tan: |
n oblatenhauch als krosse nussschale aufm sojasee | so zu sagen |
den reisberg besteigen aba obacht wegen die mungoötzis |
auch n süßsaures bächlein hat drift wenn schnellen auf ananasses
prallen |
und dann die obacht themenwechsel polnische nutte | vollverpegelt
die immer wieder den namen der chinesischen köchin ruft | im-

mer wieder den namen und
dass sie nicht so viel arbeiten soll für n hunger
lohn | wie soll man denn da mitglied einer höheren
rasse bleibn | und bleich die ly
-chees

k)
zu hörn

was is da zu hörn | außer der eigenresonanz im sprachraum
ne art metatinnitus im hohlhirn | sag ma: was is da zu hörn
wenn die stimmen wandern: vielleicht der 1 oder andere dopp-
lereffekt
ne permutation der tonlage als illumination verkaufen | schäm
dich
aber immer nur an eine sache gleichzeitig denken | versprichste
mir das
du nimmst ne destrukt. interferenz in kauf | ne tilgung der chöre
hörste nicht | wie sie singen
tsie tsingen so schön

i)
was ich ist

kleinbürgerliche kunstausübung
ganz im dienste des ora et | pünktlich die zeilen rausgehauen |
weil:

hab gesehen, dass die anderen mit wasser kochen
also die zutaten geändert
(einige machten unter uns aus scheiße bomben)
hab sekt in den topf gegebn | aber s war maniriert oder halt ma-
riniert
urin einfließen lassen | und doch nicht gegen andere angestunken
mit bratensoße probiert | lecker aber später schwer im magen
zucker löste sich | aber der energieschub hielt nicht lange vor und
man spürte den schnellen lachspeck an den hüften
steinsuppe nicht | auch nicht exotismen: algengrütze o. japanische
salben

nach whiskysoda | fotzsekret | schmieröl
wieder zu wasser zurückgekehrt |
werd wohl dabei bleiben

m)
zeugs: poeme
hier n zitat

2.
die nacht scheint in ein zimmer rein, ein zimmer
wird von nacht beschient, der mond, auch hier der
mond: er thront, sein mondschein scheint ins zimmer
ein, der scheinmond wird heut nicht
erreicht. ein zimmer und ein mond und nacht.
der nacht scheint in den zimmer rein.

3.
ein stuhl, ein bett, ein tisch, ein stuhl,
ein tisch, das bett, der stuhl, das glas,
ein teller, tisch, der stuhl, ein bett,
zwei tisch, ein stuhl, der brot, ein stuhl,
ein bett und tusch, ein stuhl ist sehr bequem.

4.
es hustet puff ein husten kracht kabumm
die fliege brummt der husten hallt es knallt im wald
der wald ist alt, ein husten wieder husten puff
ein puff im wald da ist es kalt da ist es heiß
ein stuhl sie wissen schon und sehr bequem im puff

8.
die frau ist nackt berückt ein bein der frau ist nackt die frau
ist nackt sie beugt ein bein die frau ist geil ich seh die frau
so nackt das bein ein arm ist nackt die ganze frau ist nackt
die sau ich seh ein glied der frau so nackt ein bein ein arm ganz
frisch ganz frei ein ohr ist nackt die nase bloß ganz bar ein bein
die brust ich seh den busen nackt und bloß die brust ist nackt
die ganze frau ganz hüllenlos so bar und bloß
die frau ist nackt ich seh sie, nur die schrankwand knackt

11.
ein mist ein scheiß ich sag ein dreck ein unsinn quatsch ein quark ein scheiss
ich schimpf ein fuck ein fick ein fleck ein dreck ein dreck dreck dreck ein shit
ein bull und fack fack fack ein quark quatsch futsch matsch fuck und dumm
ein dings ein arsch ein zwirn ein fick ein scheiß ein stuhl ein hitmodul

p)
a.a.o.

ein haus kein sturm und knackt das reetgedeckte dach
der blaue kerz ein docht drei finger unterm tisch
der frische tisch | ein blick: die tücher liegen flach

ein wein: ethan athen ein rötliches gemisch
ein stuhl das knarrt | zwei rot ein braun ein braun
glatthart und schwarz: der flur: ein spiegeldünner wisch

essenz paris | jasmin und kerbelsand | alraun
ein ding ein dong | hoch fliegt der fuß ein stöckchen das zerbricht:
ein schmaler mensch mit salz im schuh | am gartenzaun

ein fetzen violett zerschlägt das oberlicht |
der tür das schuh die holz ein knarr der stein
zwei dings ein stuhl ein schuh und durstig ein gesicht

kein wort ein hub die hand sie winkt herein herein
herein die hand das flasch und tropft ins glas
so scharf frisch kühl: der wein fällt in das weinglas rein

der gast er trinkt ein schluck ein gluck ein supp das nass
fällt in den gast hinein | der wein fällt in den gast hinab
ein obst steht auf dem tisch so gelb | der gast ganz blass

das obst die nuss | der gast stellt blass das weinglas ab
es knirscht die nuss | es pulpt die frucht so rund so rund
der gast zum tisch tripp tripp trapp trapp tripptripp trapptrapp

der gast: haha haha ein fund | die frucht zum mund
knirsch knack hinein | der zahn ein spritz die frucht so matsch
so mist so pfui die frucht ist futsch so ungesund

die futsche frucht | kein wort | die frucht macht klitsch macht klatsch
die futsch fährt aus der hand | der frucht fliegt an die wand
ein fleck ein fuck ein dreck ein siff ein schiff ein quatsch

der gast erbost das glas es fällt das tuch gespannt
der tisch beschmutzt das haus entsetzt die frucht geplatzt
methyl athen ein wein ein salz: das weint am rand

der gast vergrätzt | die futsch wird von der wand gekratzt
dem wein wird kalt | der wein wird in den wald gestellt
der stuhl gefällt | das abendessen voll verpatzt

ein fräulein weint | und draußen windelt sich die welt

Die Autoren

Kristine Bilkau, 1974 geboren, studierte Geschichte, Neuere Deutsche Literatur und amerikanische Literatur. Ein Jahr des Studiums, das sie 2004 abschloss, verbrachte sie an der Tulane University in New Orleans, Louisiana. Sie arbeitet als freie Redakteurin und Texterin in Hamburg, wo sie auch mit Freund und Sohn lebt.

Nina Bußmann, geboren 1980 in Frankfurt/Main, studierte Komparatistik und Philosophie in Berlin und Warschau. Teilnahme am open mike 2007 und am 9. Klagenfurter Literaturkurs 2005. Veröffentlichungen in Zeitschriften und Anthologien.

Martin Fritz, geboren 1982, studiert Vergleichende Literaturwissenschaft in Innsbruck, Mitveranstalter der 1. Innsbrucker Lesebühne »Text ohne Reiter«. Veröffentlichungen in Literaturzeitschriften und Anthologien.

Stephanie Gleißner, geboren 1983 in Garmisch-Partenkirchen, studiert an der Universität Tübingen Neuere Deutsche Literatur und Religionswissenschaft. 2006 Auslandsaufenthalt in Kapstadt im Rahmen des Studiums.

Jeannette Hunziker, geboren 1985 in Bern, nach einem Vorbereitungsjahr an der Schule für Gestaltung studiert sie seit 2006 Literarisches Schreiben an der Hochschule der Künste in Bern. Sie experimentiert im Zwischenbereich von Körper und Text.

Oliver Kluck, geboren 1980 auf Rügen, ist freier Autor. 2007 entstand seine erste längere Erzählung, 2008 im Frühjahr das Theaterstück »Die Generation Meese« und folgend das Drehbuch »Ukrainische Verhältnisse«, das im September in Kiew verfilmt wurde.

Anne Köhler, geboren 1978 in Lahn-Gießen, lebt in Berlin. 2008 Autorenstipendium des Berliner Senats und Aufenthaltsstipendium durch den Hessischen Literaturrat bei der Stiftung für Poesie »Mircea Dinescu« in Rumänien. Veröffentlichungen in Literaturzeitschriften.

Svealena Kutschke, geboren 1977 in Lübeck, studierte Kulturwissenschaften und Ästhetische Praxis in Hildesheim und lebt heute in Berlin. Sie las beim 14. open mike und erhielt 2006/07 das Werkstatt-Stipendium der Jürgen-Ponto-Stiftung.

Alexander Langer, geboren 1980 in Kassel, seit 2004 Literaturstudium in Stuttgart und Leipzig. Zur Zeit Animateur am Bodensee.

Philip Maroldt, geboren 1981 in Berlin, studiert Literaturwissenschaft und Philosophie und ist Musiker. 2003 gründete er mit Tom Bresemann das Poesieunternehmen S^3 LiteraturWerke.

Milo Pablo Momm, geboren 1977 in Aachen, studierte Theaterwissenschaft in Bayreuth, Paris und Berlin. Seit 2001 unterrichtet er Renaissance- und Barocktanz und ist als Tänzer im In- und Ausland tätig. Seit 2006 leitet er das Barocktanz-Ensemble l' e s p a c e.

Franziska Oehme, geboren 1981 in Dresden, studiert Theaterwissenschaft und Kunstgeschichte in Berlin. Sie schreibt Lyrikzyklen, Texte für Schau- und Hörspiel sowie für die Oper. Nach Assistenzen an der Deutschen Oper wie am Deutschen Theater Berlin entstand die Kurzoper zu ihrem Libretto »Das Gesetz« und wurde in einer Komposition von Sidney Corbett 2007 uraufgeführt.

Sonia Petner, geboren 1979 in Waldenburg (Polen), arbeitet als Übersetzerin und Journalistin in Berlin, organisiert Lesungen und Diskussionen. Veröffentlichungen in Zeitschriften und Anthologien.

Julia Powalla, geboren 1981 in Bonn, reiste durch Australien und Südkorea, lebte ein Jahr als Deutschlehrerin in Amsterdam und zurzeit in Berlin. Absolventin des Deutschen Literaturinstituts

Leipzig, Veranstaltung von Lesungen und Literaturwerkstätten, Veröffentlichungen in Literaturzeitschriften.

Sabine Raml, geboren 1973 in Essen, nach einer Ausbildung zur Industriekauffrau Studium der Kunstgeschichte, Germanistik und Soziologie in Bochum, Jena und Berlin. 2008 Shortlist fm4/ORF wortlaut 08 und unter den letzten zehn des Brigitte-Romanwettbewerbs 2007. Veröffentlichungen in Zeitschriften und Anthologien.

Johann Reißer, geboren 1979 in Regensburg, studierte Neuere Deutsche Literatur und Philosophie in Regensburg und Berlin. Promotion zu poetologischen Konzeptionen der Verknüpfung von Wissensdiskursen und Lebenswelten in der Gegenwartslyrik. Veröffentlichung von Gedichten und Kurzprosa in Zeitschriften und Anthologien.

Matthias Senkel, geboren 1977 in Greiz, versuchte sich bisher u.a. als Tutor, Promoter, Bassgitarrist, Statist, Regisseur, Monteur, studierte in Leipzig und Halle. Seit 2002 Kurzgeschichten in Anthologien.

Thien Tran, geboren 1979 in Ho-Chi-Minh-Stadt (Südvietnam), lebt seit 1982 in Deutschland. Studierte Germanistik, Philosophie und klassische Literaturwissenschaft in Köln. 2006 Nominierung für das Rolf-Dieter-Brinkmann-Stipendium. Veröffentlichungen von Gedichten in Zeitschriften und Anthologien.

Johanna Wack, geboren 1979 in Hamburg, studiert Ökotrophologie in Hamburg. Gewinnerin zahlreicher Poetry Slams, u.a. Gewinnerin einer Folge der 2. Staffel des WDR Poetry Slams (2008), 3. Platz bei der Slam Tour mit Kuttner (Sat.1 Comedy) im Hamburger Molotow (2008). Veröffentlichungen von Kurzgeschichten in Anthologien.

Kai Wiegandt, geboren 1979 in Heilbronn, studierte Anglistik, Germanistik und Philosophie in Freiburg und Berlin. Freie Mitarbeit bei der Süddeutschen Zeitung. Preise und Auszeichnungen, u.a. das Autorenwerkstatt-Stipendium der Jürgen Ponto-Stiftung

2006, Stipendium der Autorenwerkstatt Prosa des Literarischen Colloquiums Berlin 2008. Veröffentlichungen in Zeitschriften und Anthologien.

Florian Wiesner, geboren 1981 in Würzburg, Studium der Kulturwissenschaften, Informatik, Philosophie und Soziologie in Leipzig. Mitglied der Künstlergruppe orange à trois.

Lino Wirag, geboren 1983 in Pforzheim, studierte in Freiburg, Hildesheim und Uusikaarlepyy und lebt in München. Er ist Mitglied der literarischen Boygroup Text, Drugs & Rock'n'Roll. Veröffentlichungen von Prosa, Lyrik, Essay und Illustrationen in Zeitungen, Zeitschriften und Anthologien. Preise und Auszeichnungen, u.a. Stipendien der Kunststiftung Baden-Württemberg und der Jürgen-Ponto-Stiftung 2008.

Die Jury

Thomas Glavinic, geboren 1972 in Graz, schreibt seit 1991 Romane, Essays, Erzählungen, Hörspiele und Reportagen. Veröffentlichungen: *Carl Haffners Liebe zum Unentschieden*. Roman (1998), *Herr Susi* (2000), *Der Kameramörder*. Kriminalroman (2001), *Wie man leben soll*. Roman (2004), *Die Arbeit der Nacht*. Roman (Hanser, 2006), *Das bin doch ich*. Roman (Hanser, 2007). Auszeichnungen: Friedrich-Glauser-Krimipreis für *Der Kameramörder* (2002), Österreichischer Förderungspreis für Literatur (2006). Thomas Glavinic lebt in Wien.

Monika Rinck, geboren 1969 in Zweibrücken, Studium der Religionswissenschaft, Geschichte und Vergleichenden Literaturwissenschaft in Bochum, Berlin und Yale, lebt als Autorin in Berlin. Für ihre literarischen Arbeiten – zuletzt erschienen *Begriffsstudio 1996-2001*, (Edition Sutstein 2001), *Verzückte Distanzen*. Gedichte (zu Klampen!, 2004), *Ah, das Love-Ding!* Ein Essay (kookbooks, 2006) und *zum fernbleiben der umarmung* (kookbooks 2007) – wurde sie unter anderem mit dem Literaturpreis Prenzlauer Berg 2001, dem Lyrik-Stipendium der Stiftung Niedersachsen 2003, dem Förderpreis zum Kunstpreis Rheinland-Pfalz 2006, dem Hans-Erich-Nossack-Förderpreis des BDI 2006 und dem Ernst-Meister-Preis für Lyrik 2008 ausgezeichnet.

Feridun Zaimoglu, geboren 1964 in Bolu/Türkei, lebt seit mehr als 35 Jahren in Deutschland. Er studierte Kunst und Humanmedizin in Kiel, wo er seither als Schriftsteller, Drehbuch- und Theaterautor und Journalist arbeitet. Er schreibt u.a. für die Welt, die Frankfurter Rundschau, Die Zeit und die Frankfurter Allgemeine Zeitung. Literarische Veröffentlichungen (u.a.): *Kanak Sprak* (1995), *Abschaum* (1997), *Koppstoff* (1999), *German Amok*. Roman (KiWi, 2002), *Liebesmale, scharlachrot*. Roman (KiWi, 2002), *Zwölf Gramm Glück*. Erzählungen (KiWi, 2004),

Leyla. Roman (KiWi, 2006), *Rom Intensiv* (KiWi, 2007), *Liebesbrand* (KiWi, 2008). Auszeichnungen (u.a.): civis Hörfunk- und Fernsehpreis zusammen mit Thomas Röschner für den Beitrag *Deutschland im Winter – Kanakistan. Eine Rap-Reportage* (1997), Drehbuchpreis des Landes Schleswig-Holstein (1998), Friedrich-Hebbel-Preis (2002), Preis der Jury beim Bachmann-Wettbewerb in Klagenfurt (2003), Albert-von-Chamisso-Preis (2004), Stipendium der Villa Massimo in Rom (2005), Hugo-Ball-Preis der Stadt Pirmasens (2005), Grimmelshausen-Preis (2007).

Preisträger und Jury 1993–2008

Jahr	Jury	Preisträger
1993	Uwe Kolbe Ginka Steinwachs Peter Wawerzinek	Wolfgang Schlenker Tim Krohn Kathrin Röggla
1994	Bodo Hell Katja Lange-Müller Michael Wildenhain	Ulf Stolterfoth Karen Duve Michael Müller
1995	Sabine Peters Walter Klier Jan Faktor	Julia Franck Sabine Neumann Christian Futscher
1996	Friederike Kretzen Kerstin Hensel Wilhelm Bartsch	Marcus Jensen Vera Henkel Olaf Behrens
1997	Margit Schreiner Kurt Drawert Michael Roes Burkhard Spinnen	Robby Dannenberg Björn Kuhligk Terézia Mora
1998	Brigitte Oleschinski Marlene Streeruwitz Georg M. Oswald	Boris Preckwitz Stephan Groetzner Tobias Hülswitt
1999	Birgit Vanderbeke Kathrin Schmidt Arnold Stadler	Almut Tina Schmidt Jochen Schmidt Michael Stauffer

Jahr	Jury	Preisträger
2000	Terézia Mora Gerhard Falkner Silvio Huonder	Zsusza Bánk Claudia Klischat Markus Orths
2001	Julia Franck Jens Sparschuh Adolf Muschg	Nico Bleutge Erika Anna Markmiller Tilman Rammstedt
2002	Ulrike Draesner Josef Haslinger Birgit Kemper	Kai Weyand Christian Schünemann Ariane Grundies
2003	Karen Duve Ingomar v. Kieseritzky Ferdinand Schmatz	Kirsten Fuchs Petra Lehmkuhl Veronika Reichl
2004	Thomas Hettche Michael Lentz Christina Viragh	Christian Schloyer René Becher Rabea Edel
2005	Katja Lange-Müller Lutz Seiler Peter Stamm	Lucy Fricke Dagrun Hintze Jörg Albrecht
2006	Maxim Biller Christoph Geiser Barbara Köhler	Luise Boege Katharina Schwanbeck Julia Zange
2007	Georg Klein Antje Rávic Strubel Raphael Urweider	Johann Trupp Tina Ilse Gintrowski Judith Zander
2008	Thomas Glavinic Monika Rinck Feridun Zaimoglu	